IN HET OOG

Eerste druk februari 2024

Marijke Schermer

In het oog

Uitgeverij Van Oorschot
Amsterdam

'It's a joy to be hidden, but a disaster not to be found.'
Donald Winnicott

'Ik was een dromer en een vrager. Ik was woudloper in het labyrint van Eros. Zonder de draad van Ariadne.'
Anna Blaman

I

Ongezien

Vlak voor Bee begon aan haar verhaal waarin ze me onder meer verweet dat ik haar niet zag, zat ik haar juist te bekijken. Uitgerekend die laatste minuten bekeek ik hoe ze met één been over de leuning en één op de vensterbank, scheef in de lelijke stoel zat te lezen. Een lelijke beschadigde nepfederen fauteuil is het, maar comfortabeler dan welke andere stoel in ons huis ook en daarom al jaren detonerend in een verder verantwoord en smaakvol interieur. Ze bewoog snel met haar wijsvinger over haar bovenlip, in opperste concentratie. Toen sloeg ze haar boek dicht met een vinger ertussen en legde haar hoofd achterover op de leuning, met gesloten ogen. Ze denkt na, dacht ik, weet ik nog. Ik weet niet meer wat ik voelde. Misschien voelde ik me neutraal jegens haar, registreerde ik zonder veel gevoelens haar spectaculair mooie gezicht, de lange donkere haren die langs de stoelleuning omlaaghingen, het been in de zijden broekspijp, de blote voet met de gelakte teennagels. Of misschien zag ik haar inderdaad niet, niet bewust, had ik geen gedachten over haar, omdat ik in de greep was van mijn eigen gedoe. Misschien waren mijn ogen eenvoudigweg, macht der gewoonte, in haar richting scherp gesteld. Ik had net een telefoongesprek gevoerd waarin ik Miranda, mijn PhD-student, vertelde dat mijn onderzoeksaanvraag afgewezen was en dat ik geen idee had hoe dit nu verder moest. Bee had dat allemaal gehoord en achteraf bekeken had ze niet zitten lezen maar had ze met stijgende verbazing geluisterd naar de dingen die er in mijn leven speelden en waar ik haar geen deelgenoot van had gemaakt. Het bleek allemaal de druppel in een emmer waarvan ik niet wist dat hij bestond, wat op zichzelf al een teken aan de wand was, volgens haar. En dat waren nog maar twee van de zegswijzen die zij in ons gesprek gebruikte. Ik zeg 'gesprek' maar ik denk eigenlijk dat het een ruzie was. Dat er een volle emmer was werd in elk geval wel duidelijk. Ze had van alles opgekropt, refereerde aan dingen die ik gezegd of juist niet gezegd had, soms in gesprekken van maanden geleden en soms door mij helemaal niet herkend als iets wat had plaatsgevonden. Zij zei altijd tegen mij dat ik zo secundair in mijn reacties was, maar iemand die je ineens op detailniveau van alles wat allang voorbij is begint te verwijten kan zelf ook nauwelijks bogen op een talent voor primaire reacties. Als ze dat toen gezegd had, had ik het toen kunnen oplossen, of weerspreken, of beantwoorden, of wat het ook was wat ik had kunnen doen. Maar volgens haar was elk afzonderlijk voorbeeld geen reden geweest zich te beklagen, maar was het de optelsom, met als klap op de vuurpijl – of als druppel dus – het feit dat ik niets deelde over deze nederlaag in mijn werk, wat toch, getuige het beluisterde telefoongesprek, dramatisch voor me moest zijn. Ze had haar leesbril op de punt van haar neus geschoven en keek me daaroverheen streng aan. Je bent een einzelgänger, zei ze. Ik moest denken aan de openingsscène van Jacques Gans' boek *Liefde en goudvissen*: 'Blijf bij me smeekte ik, maar omdat ik niet smeken kan, klonk het als een bevel.' Ze zei dat ik haar blijkbaar als lid van het interieur zag, dat vond ik een vreemde woordkeus, lid, in plaats van onderdeel of zoiets. Toen zei ze het. Dat ik haar niet zag. Ze intoneerde het zo dat het ging om meer dan zien met de ogen. Ik zei intussen helemaal niks, bang om per ongeluk als een bevelgever te klinken, of, meer in het algemeen, bang om helemaal geen controle te hebben over wat er komen zou als ik mijn mond open zou doen. Het was dus welbeschouwd geen gesprek, en ook geen ruzie; het was een monoloog. En toen ze uitgesproken was stond ze – ze was inmiddels opgestaan – midden in de kamer nog enige tijd woedend en wachtend naar me te kijken. Ze wilde nu weleens weten wat ik voelde. Ik zou spijt kunnen betuigen, maar ik had geen spijt. Ik zou me kunnen verdedigen met het argument dat er geen sprake was van buitensluiting, dat ik nog geen behoefte had gehad het erover te hebben omdat het ellendige feit van de afwijzing pas twee dagen oud was, en dat ik, net zoals zojuist in het telefoongesprek met mijn PhD-student – die veel dichter bij deze vervelende professionele ontwikkeling stond dan Bee –, ook tegen haar misschien wel elk moment zou kunnen zijn begonnen te vertellen hoe en wat. Wat betreft dat laatste hoorde ik haar tegenwerpingen al: twee dagen waren juist onmetelijk lang, en als die collega dichter bij me stond dan zij, was ook dat vast een teken aan de wand. Alles wat ik zou kunnen zeggen joeg als wolkenflarden in de stormwind langs. Ik zou kunnen zeggen: lieverd, ik wil juist graag met je praten, laten we praten! Of ik zou haar woede met een grotere woede kunnen beantwoorden. Schaam jij je niet, zou ik hard en scherp kunnen zeggen, schaam jij je niet: mij overkomt iets vreselijks en jij gaat lopen jammeren dat ik je dat niet heb verteld? Ongelooflijk!

Toen ze de kamer uitgelopen was en de trap af en ze de voordeur hard achter zich had dichtgeslagen zodat er geen misverstand over kon bestaan dat ze vertrokken was, bleef ik nog een tijdlang zitten. Het was niet de eerste keer dat ik werd verlaten. Ik geloof dat ik meteen al wist dat dat het was, dat het niet zomaar een ruzietje was, maar dat er hier iets onherroepelijks was ingezet. Ik was zeventien jaar geleden verlaten door Kristof, de vader van mijn kind. De verstreken tijd tussen die keer en dit moment leek van minder belang dan de overeenkomst tussen beide situaties. Ook hij had destijds gevraagd naar mijn gevoelens en ik was als een blinde mol geweest; in het donker op zoek naar iets wat ik niet kende. Ik denk dat wat ik voelde in die confrontatie met Kristof wanhoop was, maar een naar binnen slaande verlammende wanhoop, en ik was niet in staat om dat te zeggen. Waarop hij, net zo hoofdschuddend als Bee, zei – ik hoor het hem nog zeggen op die hem kenmerkende staccatomanier met steeds grotere gaten tussen de afzonderlijke woorden naarmate de zin vordert: 'Dan houdt het op, Nicola, dan houdt het echt wel een beetje op.'

Het werd donker. Bee kwam niet terug. Uiteindelijk stond ik op om iets te eten. Er was nog soep en die maakte ik warm. Ik at er een geroosterde boterham bij. Ik waste de paar dingen af die ik had vuilgemaakt. Bee was misschien naar Frieda, of naar haar zus. Ik vroeg me af of ik haar moest appen, of ik bezorgdheid moest voelen, of er iets was wat iemand in de situatie waarin ik me bevond hoort te doen. Ik zocht in mezelf naar een gevoel, of paniek, ik wist dat het er ergens zou moeten zijn, maar ik kon het niet vinden. Als ze me verlaat, dacht ik, zou dat me ontslaan van de plicht haar gelukkig te maken. Het zou rust geven. Rust die ik goed kon gebruiken voor de concentratie op mijn werk. Alleen had nu de commissie die de onderzoeksgelden verdeelt in haar wijsheid besloten dat mijn onderzoek te weinig relevantie voor de samenleving had, dus er was helemaal geen onderzoek om me in te verliezen. Als ik geen list verzon zou ik met meer onderwijsuren of met managementwerk worden belast. Ik sloot het raam en deed de lichten uit. Ik poetste mijn tanden en kleedde me uit en ging in bed liggen. Ik dacht aan het warme lichaam van Bee, en aan de manier waarop ze me soms in haar armen liet slapen.

Toen ik 's ochtends geluiden hoorde van beneden dacht ik dat zij het was en wachtte ik af of ze me zou komen wekken, naast me zou komen liggen om het weer goed te maken. Ik had heel diep geslapen en voelde me desondanks geradbraakt. Er zijn twee soorten ongeluk: die waarvan je niet kunt slapen en die waarvan je wel kunt slapen. Ik had het idee die ochtend dat ik eindeloos zou kunnen slapen. Het was een spelletje dat Bee en ik ooit voortdurend speelden: alles in twee categorieën splitsen, mensen die tegen je praten en mensen die jou laten praten, huizen die jou beschermen en huizen die jij moet beschermen, exen van wie je nog weet waarom ze je geliefde waren en exen van wie je het je helemaal niet meer kunt voorstellen. Terwijl ik de geluiden in huis probeerde te koppelen aan een stemming van degene die de geluiden maakte, viel ik weer in slaap. Ik werd wakker met de geur van koffie.

'Ben je ziek?' Op de vensterbank zat Marie, mijn dochter. Ze schoof het gordijn opzij en liet het zonlicht binnen.

'Hè, wat doe jij hier? Zo vroeg?'

'Is Bee er niet?'

Ik ging rechtop zitten in de kussens en nam de kop koffie van haar aan en mompelde iets.

'Zo heel vroeg is het trouwens niet,' zei ze. Ze was gekomen omdat ze de reistas van Bee nodig had om mee te nemen naar Berlijn, waar een klimaatconferentie zou plaatsvinden. 'Ik blijf zeker een week weg, en misschien wel langer.' Ik vroeg niet of dat zomaar kon. Marie combineert twee studies met een steeds groter wordende rol in een activistische klimaatorganisatie en ik heb nooit gemerkt dat het te veel voor haar is. Ze woont tien minuten fietsen hiervandaan maar de laatste keer dat ik haar zag was op de televisie. Ze verdedigde de permanente bezetting van een stuk snelweg. Ze was heel goed, vond ik, fanatiek, deskundig, overtuigend. Degene die haar interviewde probeerde haar klem te zetten, maar ze had een soevereiniteit waar hij niet aan kon tippen. Ze zei: uw vraag klopt niet, en gaf het antwoord op de vraag die hij had moeten stellen. Ik had er met bewondering naar gekeken.

Ik zei dat ze Bee een berichtje moest sturen over die tas. Ik zei niet dat Bee die tas misschien zelf nodig had. En toen ging Marie mijn kamer uit om spullen bij elkaar te zoeken en keek ik op mijn telefoon of Bee me gebeld had, maar dat was niet zo. Het was bijna tien uur. Ik dwong mezelf om op te staan, mijn kleren aan te trekken, naar beneden te gaan, meer koffie te maken en brood uit de diepvries te halen. Misschien dat Marie nog met me wilde ontbijten. Aan het einde van de ochtend moest ik naar het lab om de voortgang te bespreken van mijn onderzoek naar een bacterie en een nog ongeïdentificeerde groeifactor die hij aanmaakt. Dit was in de eerste plaats fundamenteel onderzoek, maar de relevantie voor de samenleving leek me eigenlijk nogal evident. Wat dit zou kunnen betekenen voor het kankeronderzoek! Of voor de productie van kweekvlees, waar met gebruik van deze bacterie geen koeienfoetussen of pluripotente stamcellen meer voor nodig zouden zijn. Mijn onderzoek zou op tal van terreinen een daverende doorbraak kunnen zijn. Ik zou een manier moeten vinden om deze vergissing aan te vechten. Ik zou me met die toepassingen moeten bezighouden, een connectie met de industrie moeten maken of met een spectaculaire uitkomst moeten komen. Ik had alleen maar wat tijd en geld nodig om dat spektakel van de grond te krijgen, alles zei me dat het erin zat. Maar eerst moest ik mijn stramme lichaam uit zijn kramp zien te krijgen en de vermoeidheid van me af zien te schudden. Het zou typisch iets zijn om met Bee te bespreken, zij had verstand van dat soort zaken. Emoties en lichamen en hoe ze elkaar beïnvloeden. Terwijl ik op de koffie wachtte ging ik op de koele plavuizen liggen. 'Voel je lijf, voel de kou,' stelde ik me voor dat Bee zou zeggen. Marie kwam binnen en ze zei er niets van dat ik daar midden in de keuken naast het aanrecht op de grond lag. Ze zei dat ze een trein moest halen. Ze stapte over me heen en zette de vlam onder de pruttelende koffie uit. Toen bukte ze zich om me over mijn hoofd te aaien. Ze zei dat ik goed op mezelf moest passen. Jij ook, wilde ik zeggen, hoorde ik te zeggen, maar ze was de deur al uit.

In het lab besprak ik de afwijzing. Het leek meer een gesprek met Stichting Korrelatie dan een zinnige blik op de voortgang. Ja, ze vonden het allemaal heel pijnlijk en onterecht en in plaats van een weloverwogen systeem noemde ze de geldverdeling een tombola. Ze haalden veelvuldig hun schouders op. Mijn PhD-student zou nog een keer alles meten en bekijken en dan de kweekbakjes opruimen en een eindrapportage schrijven. Ik kreeg tot het einde van het jaar de tijd om een plan te maken. Daarna zou ik bedolven worden onder opgespaarde onderwijstaken. Ik had meer steun verwacht. Een actieplan misschien, niet deze gelatenheid, niet dit 'over tot de orde van de dag'. Ik realiseerde me dat ik er stuurs bij zat, maar het lukte me niet dat allemaal achter een glimlach te verbergen. Ik kon nog geen afscheid nemen van het lab en van het idee dat ik iets revolutionairs op het spoor was. En als Bee werkelijk bij mij weg zou gaan zou ik de *Leptotrichia animalis* hard nodig hebben.

2

Dan houdt het wel een beetje op

Bee bleef drie dagen en drie nachten weg. Toen stuurde ze me een bericht met de vraag of ik tijd had voor een gesprek. Ik was al die tijd niet boos geweest dat ze niets had laten horen. Ik bedwong meerdere malen per dag de impuls om haar op te bellen. Het leek me niet kies. Ik meende dat het feit dat zij was weggelopen ook maakte dat zij de eerste stap terug moest kunnen zetten. Dit ging allemaal meer over haar en wat zij wilde dan over mij. Ik had heel veel geslapen maar voelde me nog steeds niet uitgerust. Ik ruimde de keuken op en waste mijn haar. Ik deed schone lakens op het bed. Ik dronk een glas whisky. Ik besloot in de woonkamer op haar te wachten, daar was het zonnig en warm aan het einde van de middag en waren de meeste bewijzen van ons gezamenlijke leven doordat haar en mijn boeken er door elkaar lagen, en haar kleed er lag onder wat oorspronkelijk mijn tafel was geweest. Daar stond de bank die we samen gekocht hadden en de lelijke stoel waarvan eerst alleen ik, en toen zij ook, geen afstand kon doen. Ik hoorde haar de trap opkomen en wachtte gespannen in een hoek van de bank. Bij nader inzien kon ik beter opstaan, dat zitten zag er passief uit en zij hield niet van passief en ik stond op en ging bij het raam staan en daar stond ik toen ze binnenkwam. Ik had me voorgenomen om te zeggen: wat fijn om je te zien. Dat was het uitputtende van een relatie, dat alsmaar nadenken over wat je moet doen en zeggen, over wat die ander denkt en verwacht en de pogingen daaraan tegemoet te komen, al die antwoorden die je paraat moet hebben, wat je voelt, hoe het met je gaat, wat je wil. Soms vergat je het, zoals de laatste tijd, maar dan was die ander er om je eraan te herinneren dat je er wel een beetje bij moest blijven. En het was niet waar, wat ze mij verweten, Kristof vroeger, Bee later, dat ik geen reflectie had, niet over mezelf nadacht. Ik dacht heel veel over mezelf na, of misschien moet ik zeggen dat ik ín mezelf nadacht. En het is zoals een proefopstelling in de fysica: zodra iemand zich ermee bemoeit, zodra iemand metingen begint te doen, worden de resultaten beïnvloed. Je meet wat je meet, niet wat het vlak ervoor was. En die meetinstrumenten van ze, die thermometers en peilstokken en lakmoesstrips die ze in de poel van mijn emoties wilden steken namen alle helderheid weg, onmiddellijk wolkte het richting troebelheid.

Ze liep de kamer binnen en ging op de bank zitten.

'Wat sta je daar bij het raam?'

'Wat fijn om je te zien!' zei ik.

Bee zweeg. Ik ging naast haar op de bank zitten en ik zei: 'Was je bij Frieda? Heeft Marie je gebeld? Ze heeft je tas meegenomen.'

Ik dacht aan de tijd na mijn relatie met Kristof, toen niet alleen hij maar ook Marie, die nog een peuter was, uit mijn dagelijkse werkelijkheid verdween. Hoe stil het was, hoe het dag na dag ongemerkt donker werd in huis, terwijl ik las nadat ik van mijn werk thuisgekomen was. Ik knipte dan uiteindelijk de lampen aan zodat ik op kon ruimen, de handelingen kon verrichten die nodig waren om daarna de lampen weer uit te doen en naar bed te gaan. De eerste tijd was Marie alleen om de week in het weekend bij me. Alle mannen die ik kende die gescheiden waren deden het zo, mijn vader had het zo met ons gedaan, maar bij mij vonden mensen het maar raar. Of opvallend. Later was ze vaker bij me, rond haar twaalfde waren we op een min of meer gelijke verdeling uitgekomen en vanaf haar veertiende besloot ze zelf waar ze was, soms veel en soms weinig bij mij. Ik keek naar Bee. Ik dacht aan de zeldzame mutatie van mijn bacterie en aan de intieme voet waarop ik daarmee verkeerde. Ik dacht aan het bed boven en hoe fijn het zou zijn als we gewoon konden gaan liggen in plaats van praten. Als we elkaar gewoon vast zouden kunnen houden en ik me door haar geur zou kunnen laten bedwelmen, dan zou de afstand wel overbrugd raken. Ze had zich opgemaakt, zag ik. Dan verwachtte ze vast niet dat ze zou gaan huilen, of slapen of vrijen. Of misschien kwam ze van iets anders, iets waarbij je opgemaakt moet zijn, een werkafspraak. Kristof had destijds veel energie gekregen van onze scheiding, van de strijd met mij, van de eenouderzorg voor Marie, van het verhuizen en het opnieuw vormgeven van een leven zonder mij. Of misschien was de causaliteit wel omgekeerd en was het juist zijn overschot aan energie dat een uitweg zocht in problemen met mij. Had hem dat niet professioneel productief kunnen maken, vroeg ik me af, hij had een carrière van niets in die jaren. Bee zag er mooi uit en een beetje verhit en ze had al een tijdje niets gezegd, geloof ik. Of was ik aan de beurt? Terwijl ik per abuis in mijn gedachten in een heel andere relatiebreuk verzeild was geraakt, wachtte zij op mijn standpunt in deze hier.

'Zullen we naar bed gaan?' vroeg ik. Ik hoopte dat ze niet boos zou worden.

We gingen niet naar bed. De afstand werd ook niet met woorden overbrugd. Ze zei dat ze me geen verwijten wilde maken maar dat ze het moeilijk vond hoe ik was. Ik had geen idee wat ik daarop kon zeggen. Hoe kon ik daar iets aan veranderen? Hoe konden we praten over iets wat niet te veranderen was? Toen ik dat in alle onhandigheid probeerde helder te maken, zei ze dat zij misschien zou kunnen veranderen, dat zij misschien zou kunnen stoppen met het moeilijk vinden hoe ik was, dat zij zou moeten proberen te houden van hoe ik was, maar dat ze dat eigenlijk al jarenlang probeerde. Het leek mij heilloos als zij zou gaan proberen te houden van hoe ik was, waarom zou ze dat doen? Dergelijke moeite zou je toch alleen doen als je al hield van hoe ik was en dan was die moeite meteen ook niet nodig. Zij zei dat ze wel hield van wíe ik was maar niet van hóé ik was. Dat begreep ik niet. Ik zweeg. Bee stelde voor om in therapie te gaan en ik zei ja. Ik zei ja omdat ik hoopte dat ze niet weg zou gaan. Ik kon me ineens niet voorstellen hoe het moest zonder haar. Maar daarna hoopte ik wel dat ze weg zou gaan, en me met rust zou laten. Ik wist dat volwassen mensen dit soort gesprekken voerden, dit soort gesprekken hoorden te voeren, dat je moest praten en je gevoelens moest uiten en naar de gevoelens van de ander moest luisteren en dat je in therapie moest gaan en aan jezelf moest werken en nu wist ik ook dat wíe je bent iets anders hoort te zijn dan hóé je bent. Ik was oplettend genoeg om me de woorden die erbij hoorden een beetje eigen te hebben gemaakt. Zij schonk zichzelf en mij een glas wijn in. Ze sloeg haar benen over elkaar en daarna sloeg ze haar armen over elkaar en keek ze naar het plafond. Ik keek naar haar gezicht, naar haar ferme kin, en uiteindelijk ook naar boven, om te zien of er soms iets speciaals aan de hand was met het plafond dat zij er al zo'n tijd naar zat te kijken. We kenden elkaar ruim zeven jaar, ik was nog nooit zo lang met iemand samen geweest. Het was ongeveer zo gegaan: na mijn relatie met Kristof was ik behoorlijk onlichamelijk geworden. Ik weet niet hoe dat voor andere mensen geldt en het heeft ook niet voor mij op elk moment in mijn leven zo gegolden maar het feit dat ik gedurende langere tijd niet door seksuele begeerte werd afgeleid, gaf me veel geestelijke vrijheid. Die begeerte is vaak de motor achter liefdesrelaties en daarmee ook het net waarin je gevangen kunt raken. Het opent allerlei zuchtigheid, of wakkert die aan, zoals het verlangen naar geborgenheid bijvoorbeeld. Het is voor mij dus niet zo dat het verlangen naar geborgenheid sowieso in me aanwezig is maar door mij genegeerd of onderdrukt werd in die periode. Mijn verlangen naar geborgenheid, evenals de seksuele begeerte, evenals het verlangen om vanuit mijn ziel uit te reiken naar een ander mens, lag die jaren in de hoek van mijn systeem te slapen. Ik werkte, ik las, ik fietste, ik maakte in het weekeinde uitstapjes met mijn dochter en speelde spelletjes met haar. We gingen graag picknicken. Ik promoveerde intussen op het coronavirus. Niet die variant waar we een aantal jaar later mee te maken kregen, al weet ik daar door mijn onderzoek het nodige van. Ik was intellectueel ontzettend scherp afgesteld. Ik publiceerde meer dan wie dan ook op de faculteit en het lukte me ook regelmatig om op de wetenschapspagina's van de kranten een publieksvriendelijke vertaling van onze bevindingen geplaatst te krijgen. In die tijd had ik dus wel feeling met de samenleving. (Misschien zou ik de subsidieverstrekker een brief moeten schrijven, uitleggen dat een wetenschapper, net als een kunstenaar, met haar projecten varieert in maatschappelijke relevantie; dat de aard van haar nieuwsgierigheid juist maakt dat zij zich in en uit die samenleving beweegt, móét bewegen, dat alsmaar midden in de samenleving relevant en doelmatig zijn ten koste gaat van de noodzakelijke buitenstaanderspositie die tot vernieuwende inzichten kan leiden. Inzichten waar die samenleving iets aan kan hebben. Dat zo'n commissie de samenhang van het werk van de wetenschapper geen recht doet door bij elk afzonderlijk onderzoek te calculeren wat de samenleving daar precies aan heeft.) Goed, ik was, vijftien jaar geleden, dus net gepromoveerd. Voor het samenleven met een partner was ik toen weliswaar ook gediskwalificeerd, maar wetenschappelijk gezien was ik relevant bezig. Op een avond, kort na mijn promotie, ging ik na die hele periode van celibaat met een oncoloog naar bed en het was onwennig maar prettig, en de daaropvolgende twee jaar bleven we dat doen. We vreeën met elkaar, we aten en praatten, maar een relatie was het niet echt te noemen. Ik was erin geslaagd om de seksuele drift los te koppelen van elke emotionele behoefte. Toch was er tussen de lange kankeronderzoeker en mij wel sprake geweest van intimiteit. Misschien moet ik zeggen dat het ons gelukt was de intimiteit niet te laten uitvloeien naar andere delen van ons leven, dat er geen verlangens waren buiten de momenten van ons samenzijn. Ik dacht weinig aan hem als ik hem niet zag. Ik werd niet verliefd op hem. Het was goed en op een bepaalde manier ook wel wat saai misschien. Het nam na verloop van tijd af in frequentie. Waar we elkaar eerst eens in de week zagen, veranderde dat naar eens in de twee à drie weken. En toen, op een dag, vertelde hij me dat hij onze verhouding wilde beëindigen omdat hij ging trouwen. Ik had er geen idee van dat hij intussen een vriendin gekregen had. Dat verhaal, van het einde van de relatie met Kristof zeventien jaar geleden, de jaren van celibaat, en de verhouding met deze Johan, die toen inmiddels alweer jaren achter me lag, vertelde ik ineens op een feestje aan Bee, die ik net daarvoor ontmoet had, en zo werd ze verliefd op mij. Misschien dat ze de wens voelde om mijn emotionele verlangens en seksuele driften weer met elkaar in verband te brengen, misschien dat ze me als een uitdaging beschouwde. Ze had zelf gezegd dat ik haar ontroerd had en dat begreep ik niet echt, maar het raakte me wel, dus zo ontroerden we elkaar. Na mijn verhaal vroeg ze me te dansen en ik ging erop in en ik ging erin op, in het dansen, in de hele sfeer van die avond, in die vrouw die zich mij als doel gesteld had. Aan het einde van het feest ging ik met haar mee naar buiten, het was een zomernacht en het werd al licht. We lachten samen om mijn belachelijke geschiedenis. Ik sloeg de jaren tussen mijn minnaar de oncoloog en deze avond gewoon over. Als ik haar het verhaal over die tussenliggende jaren verteld had, had het misschien allemaal een heel andere uitkomst gekregen, wie weet. Op de straathoek waar onze wegen zich scheidden, kusten we zo lang dat ik erna helemaal week en zacht en gelukkig naar huis zweefde.

'Weet je nog onze eerste avond?' vroeg ik.

'Natuurlijk weet ik dat nog, maar ik denk dat we het even over nu moeten hebben,' zei Bee streng.

'Wat valt er te zeggen. Zeg jij het maar.'

'Tja. Misschien is het gewoon... klaar.'

'Klaar?' vroeg ik.

'Ja.'

'Ja, dat zou natuurlijk kunnen.' Het leek me het beste om haar niet meteen tegen te spreken.

'Ja? Denk jij dat ook?'

'Ik? Nee, ik niet, ik ben nergens klaar mee.'

'Wat voel jij dan?' En toen, na een lange stilte, waarin ik maar niet over de brug kwam, zei ze het: 'Dan houdt het op, Nicola, dan houdt het wel een beetje op.'

Ik bleef op de bank zitten terwijl zij boven dingen in een tas stopte, ik bleef ook op de bank zitten toen zij met die tas in haar armen in de deuropening naar me stond te kijken. Ik zat passief op die bank naar haar terug te kijken en ik heb me toen nog met een vreemde hoge stem verontschuldigd al wist ik niet precies waarvoor. En toen ging ze weg.

Ik werd de ochtend erna al vroeg wakker en ging naar mijn werk. Het lab is een laag, lang betonnen jarenvijftiggebouw aan de rand van het stadspark. Aan de kant van het park bevinden zich kleine werkkamers en is er een keuken met een grote en een kleine tafel en een bank. Aan de andere kant is de rechthoekige laboratoriumruimte, met uitzicht op de weg en aan de overkant van de weg het ziekenhuis, onze belangrijkste toeleverancier van bloed en andere lichaamssappen, en dat ziekenhuis is weer omringd door de overige universiteitsgebouwen. In ons gebouw zijn alle ruimtes, behalve het lab zelf, rommelig. Toen er een keer een journalist werd rondgeleid hier, verbaasde zij zich daar erg over en door haar ogen zagen wij het toen ook. Armoedige kamers, met volgepakte bureaus, dozen met DNA-isolatiechemicaliën en andere spullen die nauwelijks op de daarvoor bestemde planken passen. Alles gelabeld en gerangschikt op een manier die voor ons werkt, maar voor een ander een zekere wanordelijkheid uitstraalt. De kerstverlichting van vorig jaar die niemand had opgeruimd. In de rechteruithoek van het lab is een aparte ruimte met proefdieren, het muizenhuis, maar ik werk daar niet mee. Ik maakte koffie in de keuken en staarde een tijdje naar de spullen in de kleine koelkast. Op de bank achter me lag Simon, een van de analisten, te dutten. Zie je wel, dacht ik, en dat dacht die journaliste toen ook, het is hier net een studentenhuis. We maakten een praatje, Simon en ik, en daarna liep ik naar de achterste kamer die ik deelde met iemand die er nooit was en waarvan het raam uitzicht op het natte park bood. Ik deed de hele middag helemaal niks. Ja, ik keek naar de druipende bomen, en ik scrolde wat door mijn mail en ja, ook door de bulk aan onderzoeksgegevens. Ik zou de bacterie met het kankeronderzoek kunnen verbinden, wie weet was het een factor in de spectaculaire groei van kankercellen. De meeste van mijn collega's waren bezig met zoeken naar mogelijkheden om uit een druppel bloed van alles af te kunnen lezen. Er waren doorbraken geweest die bewezen dat kanker al in een heel vroeg stadium een print op het genetisch profiel van een bloedcel achterlaat en dus op die manier op te sporen kan zijn. Het kon, maar een valide test was er nog niet. Er waren ook andere ziektes en aandoeningen die in afwijkingen in het bloed werden gezocht. In laboratoria overal in de wereld werd hieraan gewerkt met gemeenschapsgeld en met commercieel geld. Het was van het grootste medische, wetenschappelijke en maatschappelijke belang. Wij waren als klein provinciaal lab helemaal niet onaanzienlijk in dit domein en mijn collega Tom was zelfs tamelijk beroemd. Ik zou gemakkelijk kunnen instappen in een van die onderzoeken en een tijdje dienstbaar kunnen meewerken. Om tijd te rekken. En ik zou dan ondertussen mijn bacteriën van stal kunnen halen, hun medium, afschenksel zeg maar, kunnen toevoegen aan de celkweek en de groeifactor kunnen identificeren. Er was iets niet in de haak geweest met het onderzoek waardoor ik die groei niet onomstotelijk aangetoond kreeg. Ik moest erachter komen wat, zodat ik de uitkomsten kon corrigeren in de juiste richting. Kijk, bijna alle wetenschappers brengen hun meetwaarden op de een of andere manier samen met hun theorie. Ze verzinnen redenen voor afwijkingen – zelfs Newton verzon redenen voor het feit dat zijn metingen twintig procent verschilden van de verwachting bij zijn theorie over de snelheid van geluid – redenen die achteraf niet bleken te kloppen. Iedereen doet het: onwelgevallige uitkomsten weglaten, onverklaarbare uitkomsten toeschrijven aan onnauwkeurigheden van je meetapparatuur. Je moet je resultaten presenteren, doe je dat door het licht te zetten op tekortkomingen of op je resultaten? Bluf was onderdeel van theorievorming en financiering en het inspireren van anderen. De groei die de *Leptotrichia animalis* teweeg kon brengen was te belangrijk om te laten liggen. Daar dacht ik over na terwijl ik keek naar de verschillende kleuren groen achter het raam. Ik dacht niet aan Bee. Nou ja, soms ging het heel even mis, maar het grootste deel van de tijd lukte het me om niet aan Bee en haar wonderbaarlijke verdwijning te denken.

3

Een freischwebend stuk ruimtepuin

De breuk nam weken in beslag. Bee was minder resoluut dan Kristof destijds was geweest en twijfelde steeds op de drempel. Omdat ik haar niet tegenhield leek Bee uiteindelijk als versie van de geschiedenis te willen bewaren dat ik háár had verlaten en dat zíj daarom noodgedwongen bij me wegging. Ik dacht steeds maar dat ik daarover na moest denken, wat dat betekende, wat ze bedoelde, maar het lukte me niet. Ik viel in slaap of ik dwaalde af. Iets in mij ontweek de kwestie. Bovendien wist ik toen niet alles, wist ik niet wat zij voor mij verzweeg. En wat ook meespeelde is dat alles wat er daarna gebeurde me totaal overweldigde en ik al mijn aandacht daaraan besteedde. Wat er daarna gebeurde veranderde bovendien mijn kijk op mezelf, of misschien was het zelfs een breuk met mezelf. Ik veranderde en kon daarna nog maar moeilijk nadenken over mijn motieven en gevoelens van daarvoor.

Uiteindelijk kwam de kleine vrachtwagen op een maandagochtend al haar spullen ophalen. Ze had het weekend eraan voorafgaand ingepakt en ik zat in een hotel in Antwerpen. Het leek me goed om uit de buurt te zijn. Ik was eerst naar het Museum voor Schone Kunsten gegaan.

Soms is een museum bezoeken het beste wat je kunt doen. Niet omdat kunst zou troosten, zoals je vaak hoort zeggen, je wordt eigenlijk extra verdrietig, maar het zit wat minder opgesloten in je borstkas. Ik had daarna door de stad gelopen en langs de Schelde en wat gedronken op een terras. Terwijl Bee ons gezamenlijke leven ontmantelde, gaten sloeg in alle kasten, haar tapijt onder mijn tafel uit trok en oprolde en in de gang zette, terwijl ze foto's en schilderijen van de muren haalde, de la van het nachtkastje links leegschudde in een doos en het bamboekussen uit ons bed viste, at ik mosselen in een restaurant, in een hoek bij een raam. Onze laatste ruzie was over die boedelverdeling gegaan. Ik had gezegd dat ik er niets mee te maken wilde hebben, geen onderhandeling, geen 'wat is van jou en wat is van mij'. Ik zei: ik vertrouw er volledig op dat je weghaalt wat van jou is, als je daarbij per ongeluk of expres dingen meeneemt die van mij zijn zal me dat niets kunnen schelen. Zij vond dat ik mijn verantwoordelijkheid ontliep door me zo op te stellen. Ik zei dat mijn verantwoordelijkheid me geen reet interesseerde, dat dat in dit verband wel het allerlaatste was waar ik me mee bezig wilde houden. Zij vond het eerst kinderachtig en toen noemde ze mijn houding agressief. Ik zei dat ik het juist heel volwassen en mild en onthecht bedoelde: 'Die spullen interesseren me niet. Het is niet belangrijk, doe het maar zoals het je goeddunkt.' Ze kon helemaal niets met mijn opstelling. Onthecht, ja dat was ze wel met me eens, maar niet op de verlichte manier. 'Jij kunt je helemaal niet hechten, je bent een *freischwebend* stuk ruimtepuin,' zei ze woedend en ik hield op dat moment en om die omschrijving opeens heel erg van haar.

Na de mosselen trof ik vrienden in een café. Els hield een tirade tegen de wind die waaide in de culturele organisatie waar zij werkte. Ze kon geen programma meer maken en geen tekst meer aanleveren of ze bleek onbekende en onbegrijpelijke fouten te hebben gemaakt. Toen ik haar over mijn afgewezen onderzoeksaanvraag vertelde nam ze dat in één beweging mee, hoewel in het veld waarin ik werk over het algemeen wordt aangenomen dat je afkomst je resultaten niet beïnvloedt. Er is geen koloniale schuld in de petrischaal, zei ik, maar zij vond het argument van de maatschappelijke relevantie in hetzelfde bedje ziek. Pierre had het in elk geval beter bekeken, die hield zich bezig met de communicatie tussen dingen, bijvoorbeeld met de manier waarop een kant-en-klaarmaaltijd de magnetron kon instrueren. Zodat je niet eerst je leesbril hoefde te zoeken om de kleine lettertjes op de verpakking en de knoppen van je apparaat te ontcijferen. Zijn onderzoekingen werden betaald door het bedrijfsleven, hij schreef geen subsidieaanvragen, hij pitchte zijn plannen tijdens lunches of borrels. Els en ik vonden het een benijdenswaardige luxe. Toen ik vertelde dat Bee bij me weg was vroeg Els zich af of ik soms toch niet lesbisch genoeg was. Hoe langer de avond werd, hoe minder ik wist wat ik allemaal vond. Van dingen die met elkaar communiceren, maatschappelijke relevantie, lesbisch genoeg zijn. Een *freischwebend* stuk ruimtepuin, per ongeluk op deze planeet gestort, dat was ik. Volkomen vreemd in de wereld voelde ik me.

Bij het afscheid bezwoer Els me dat ik de komende tijd afleiding moest zoeken. Ga films kijken, zoek iemand om seks mee te hebben, ga op een wandelvakantie. Het was een warme nacht, ik had mijn jas over mijn arm en ik was niet meer helemaal loepzuiver wat het rechtuit lopen betreft. Ik zwalkte over de kasseien en het duurde even voor ik weer wist waar ik me ten opzichte van het hotel bevond. Iemand om seks mee te hebben, dat leek me wel wat, de verdoving van de geest door de vervoering van het lichaam. Ik dacht aan de jaren tussen de oncoloog en Bee en hoe bedreven ik er destijds in geraakt was. Ik ging de hotelbar binnen en bestelde een cola. Ik keek om me heen naar de mannen in hun pakken. Vrouwen waren er niet. Er was een man die me vrijmoedig stond te bekijken. Maar ik vreesde dat het niet ver zou komen met de verdoving van de geest als dit het lichaam was waarmee ik het moest vervoeren. Toen ik mijn cola ophad liep ik de bar uit naar de lift. In de lift stond iemand die de deur tegenhield toen hij me aan zag komen. Hij lachte naar me. Ik lachte terug. Hij droeg geen pak, of misschien een half pak, geen jasje in elk geval. Hij sprak geen Nederlands en geen Engels en we voerden ons gesprekje in de lift in het Frans. Hij bood aan me even naar mijn kamer te begeleiden en ik noemde hem *très attentionné*. Hij was veel jonger dan ik, zijn huid was van een schitterend diep donkerbruin. Ik dacht aan Els en haar diversiteitsquotum. Ik dacht ook: hoe kan het zo makkelijk zijn. Iemand zegt: zoek afleiding in seks, ik denk goed idee, ik bots op een prachtige jongen in de lift, allemaal in krap een half uur. Moest ik dit niet wantrouwen? Speelde de voorzienigheid een vuil spelletje met me om me kort na deze voorspoed finaal te verpletteren? Ik nam hem mee naar kamer 116. Ik zei dat ik in Antwerpen was om schilderijen te kopen. Ik wist pas dat ik dit verzonnen had toen ik het mezelf hoorde zeggen. Ik probeerde *freischwebend* stuk ruimtepuin in het Frans te vertalen. Hij dronk de wodka uit de minibar op en kuste me zittend op het poefje voor me. Het was dus zo: ik zat op de bedrand met mijn benen uit elkaar en hij zat op het poefje, voor me, tussen mijn knieën, iets lager dan ik, en ik boog mijn hoofd en hij hief zijn gezicht juist op zodat het licht van de bureaulamp langs zijn wang en zijn oor streek en de hele rechterkant van zijn gezicht in een oranje gloed baadde. Zo kusten we. Het was erg vreemd. Ik had zeven jaar lang alleen maar Bee gekust. Dit hier in de hotelkamer droeg allemaal bij aan het gevoel dat ik volkomen verloren was, maar zo op deze manier kreeg het een nieuwe dimensie, een prettige dimensie, dat mooie, mij vreemde gezicht tussen mijn handen, dat opkijken naar me vanaf zijn poefje en later zijn huid tussen het stevige witte hotellinnen. Vergetelheid bezorgde het me niet, afleiding, mwah, eigenlijk ook niet. Ik bleef al die tijd nadenken en was me bewust van het losgezongen zijn. Het was onwennig en onhandig zoals vrijen is als lichamen onbekend met elkaar zijn. We vielen in slaap, dat wel, en ergens in het holst van de nacht ging hij weg. Hij liet een telefoonnummer en wat vriendelijke woorden achter op het blocnootje op het bureau. Ik liet het daar liggen bij mijn vertrek de volgende dag.

Ik reisde in de regen naar huis. De hele weg plensde het dat het een aard had. Ik keek naar de druppels op de ramen van de trein. Ze trokken stuk voor stuk schitterende droevige lijnen naar opzij. Ik bedacht dat ik vrijaf zou kunnen nemen, een sabbatical – of ontslag, om er helemaal vanaf te zijn. Niemand had me nodig, mijn volwassen geworden kind niet, mijn gewezen geliefde niet, en de bacteriën konden ook zonder mij. Mijn verlangen naar vrijheid was altijd in termen van strijd georganiseerd geweest: ik zat in mijn werk gevangen in eisen en voorwaarden. Het organiseren van de vrijheid van onderzoek kostte me minstens evenveel tijd als ik ermee won. Binnen liefdesrelaties moest het gevoel van vrijheid worden bereikt door me terug te trekken in mijn hoofd. En de verantwoordelijkheden van het ouderschap en de samenwerking met Kristof hadden ook jarenlang op gespannen voet gestaan met mijn eenzelvigheid. Maar nu ik van al die verbanden en plichten bevrijd was lag er misschien een heel nieuw leven aan mijn voeten. Ik had de laatste tijd op iedere vraag naar mijn gesteldheid glazig teruggekeken en iets gestameld dat ik vergeten was voor het goed en wel was uitgesproken. Maar ineens, na weken van vermoeidheid en gevoelens die ik niet goed in beweging kreeg, voelde ik weer energie stromen. Ik had de man in mijn hotelkamer in Antwerpen verteld dat ik in kunst handelde. Het leek me wel wat om in plaats van microbioloog kunsthandelaar te zijn. Om in plaats van achtergelaten in mijn leven zoals het was zelf op pad te zijn, de wereld in, handelend in beelden en verbeelding. Ik kon iedereen zijn. Toen ik aankwam op het station liet ik de paraplu in mijn koffer zitten. Ik liep langzaam naar huis zodat ik drijfnat werd. Onderweg genoot ik van de vertrouwdheid van de straten en hun huizen, en had ik tegelijk toch het gevoel dat ik ze met een nieuwe blik bekeek. Het was rustig op straat, het schemerde al, ik vond het schitterend, de oude gebouwen, de markt, de oever van de rivier, maar ook aan deze stad zat ik niet langer vastgebakken, elke dag die ik hier nog doorbracht, bracht ik hier door omdat ik dat verkoos boven weggaan, er was niets, niets wat me verplichtte om te blijven. Ik opende de voordeur waarachter ik mijn leven alleen met alle versies van mijzelf hoedde te delen. Op de mat stond ik uit te druipen en aan vroeger te denken. Toen we een jaar of acht, negen, tien waren, moesten mijn zusje en ik ons als we het weekend bij onze vader waren geweest bij thuiskomst van moeder op de mat geheel uitkleden en daarna doorlopen naar de douche. Ellie en ik wasten elkaars haren zoals moeder ons opgedragen had terwijl zij onze kleren in de wasmachine stopte, en we kibbelden de dagen erna minder of stiller dan anders, omdat we wel voelden dat onze moeder was verzwaard met iets wat wij hadden meegebracht. We gingen vier jaar lang twee keer in de maand naar die vader van ons, in zijn huurflat in de buitenwijk, en we keken er de hele dag films. Geen pulp, zoals onze moeder beweerde, we zagen alle klassiekers, van *Modern Times* tot *Pantserkruiser Potemkin* en *Triumph des Willens*. Later gingen we niet meer. En nog weer later was hij dood en stonden Ellie en ik als stijve harken op zijn begrafenis.

Ik stroopte mijn natte kleren van mijn lijf, douchte en trok een oude flanellen pyjama aan. Op de keukentafel stond een bos bloemen zonder briefje. Ik stelde me voor hoe Bee wel met een papiertje in haar handen had gezeten maar er niet uitkwam wat ze op moest schrijven. Liefs? Veel geluk? Sterkte? Sorry? De vrouw die altijd tekst had moest met stomheid geslagen zijn geweest nadat ze haar leven uit de greep van het mijne losgetrokken had. Ik nam de kranten door, ik telde mijn geld door de saldi van de verschillende rekeningen te bekijken, ik bekeek de arbeidsvoorwaarden van mijn contract en probeerde online te vinden wat de universiteit aan ruimte voor vrijaf gaf, maar ik kon dat niet vinden. Het had iets plezierigs om zo met mijn leven bezig te zijn. Het deed me denken aan toen ik net op mezelf woonde. Ik zag de ouderwetse kamerjas die ik over mijn kleren placht te dragen voor me, en het Chinese theeservies dat ik toen had. Ik belde Ellie, maar ze nam niet op. Ik sprak haar voicemail in. Ik zei dat ik aan Felix had zitten denken omdat ik me op de voordeurmat had uitgekleed. Onze arme lieve vader, noemde ik hem. Daarna belde ik nog eens en sprak op haar voicemail in dat Bee bij me weggegaan was. Na een tijdje ging ik naar boven. Het bed was onopgemaakt, in de kast zag ik dat het beddengoed klaarblijkelijk grotendeels door Bee was ingebracht want de plank was op één verwassen set na leeg. Ik voelde dat de vermoeidheid van de afgelopen maanden verdwenen was. Ik was niet moe. Ik was niet onrustig. Ik was niet ongelukkig of bezorgd. Ik voelde me verwant met mezelf hier en nu en met mezelf op veel andere momenten in mijn leven. Het kind op de bank in haar vaders thuisbioscoop, het blote kind op de mat bij haar moeder en onder de douche met haar zusje, de achttienjarige studente in kamerjas met theeservies, de promovenda in haar lab, de ontvanger van de Spinozapremie en de vrouw met de jonge Senegalees in haar hotelkamer. Alleen als ik aan Bee of Kristof dacht kwam ik mezelf als een vreemdeling voor. Ik vroeg me af of relaties mij van mezelf vervreemdden. Was het niet juist de bedoeling dat je in een relatie helemaal jezelf kon zijn? Dat was in elk geval wel het verkooppraatje. Ik vroeg me af of een mens tot volledigheid komt in relatie tot anderen of dat die anderen hem juist afleiden van zichzelf en zijn volheid. Of zou dat afgeleid zijn van jezelf misschien juist een vorm van geluk zijn voor de meeste mensen? Ik ben een onderzoeker. Ik ben graag gefocust. Ik kijk graag door mijn microscoop. Maar in relaties willen ze vroeg of laat altijd dat ik zelf onder het kijkglas ga liggen, dan willen ze dat ik mezelf of mijn gevoelens laat zien, of mijn relevantie aantoon. Dan is het plotseling de verantwoordelijkheid van mij als object om zichtbaar te zijn in plaats van die van de beschouwer om goed te kijken. Ik wilde kijken en niet bekeken worden, ik wilde kennen en misschien ook gekend zijn, maar dan zonder dat ik daarvoor door die rare hoepeltjes van ze moet springen: wat denk jij nu, wat wil jij nou, wie ben jij echt? Ik wilde het nooit meer op die manier. Ik wilde mijn afhankelijkheid van financiers en liefdespartners voor eens en altijd de nek omdraaien.

4

Cesuur

Aan het einde van weer een lange ledige dag op het lab fietste ik naar een veganistisch restaurant in de binnenstad waar ik toen ik mijn fiets neerzette door het raam Marie al zag zitten. Ze zat te lezen en zag me niet maar zag me toen toch en lachte naar me. Toen ik binnenkwam zat het boek al in haar tas en lagen haar handen op de tafel. De episode uit mijn leven die ik op de avond dat ik Bee ontmoette verzweeg, en die altijd onverteld bleef in mijn levensgeschiedenis zoals Bee die leerde kennen, begon na mijn relatie met de lange kankeronderzoeker. Johan had me terug bij mijn lichaam gebracht, de waakvlam tot een felle vlam aangeblazen en dat vuurtje liet zich door zijn plotselinge verloving niet zomaar blussen. Sterker nog, toen hij er niet meer was om de aangewakkerde vurigheid tot rust te brengen, en de rust weer tot vuur, en het vuur weer tot rust – dat wonderlijke circulaire systeem van de liefde –, voelde ik me onthand. Ik ging op vrijersvoeten. Inmiddels waren de datingsites ook in respectabele kringen zoals de mijne in opkomst. Ik maakte een zeer beknopt profiel, dat toch – door de uitgekiende afwezigheid van clichés; geen strandwandelingen, geen goed glas wijn, geen mooie tafel vol vrienden, geen stedentrips of yoga – een hoog soortelijk gewicht had. Toen ik Bee ontmoette was ik inmiddels doodmoe van mijn promiscue avonturierschap dat een ruime twee jaar had geduurd. Daar moest ik aan denken toen ik dat restaurant binnenstapte. Het kwam me te binnen omdat ik in die tijd talloze restaurants was binnengestapt op weg naar een nieuwe ontmoeting en dat ik nu al jaren alleen nog restaurants binnenstapte op weg naar een bekende. O, hoe rustig en vredig het leven tegenwoordig was. Was. Was geweest.

Marie stond op om me te omhelzen. We aten. We hadden het over vrienden van haar die ik ook kende, en over Kristof en over Ellie, mijn zusje, haar tante, bij wie ze de dag ervoor langs was geweest. Ze vertelde over haar werk en over haar studie en over haar paper over de Club van Rome, over het einde der tijden en de ondergang van de mensheid. Ze jongleerde met cijfers en feiten, ze strooide haar kennis als confetti over me uit. Ze was niet somber en niet pessimistisch en ze geloofde niet in de onmogelijke taak van zelfbeheersing, vliegschaamte, afvalscheiding. Het was uiteindelijk niet de verantwoordelijkheid van individuen, het was de overheid die het zou moeten doen en er was niet veel tijd meer, dat geloofde ze stellig, en ze zei, daar, toen al, dat ze elk middel gerechtvaardigd vond om daarop te wijzen. We aten echt erg lekker, geen alfalfa en kiemgroenten en droge uilenballetjes zoals je vroeger kreeg, maar mooie kleine uitgekiende gerechten, kleur- en smaakrijk.

Marie had van Bee gehoord dat mijn onderzoeksaanvraag was afgewezen en ik haalde er mijn schouders over op.

'Bee wil er graag een drama in zien,' zei ik, 'maar zo gaat

het nu eenmaal, soms lukt het en soms lukt het niet. Ik heb de wind altijd veel meer mee gehad dan tegen, het is een cesuur, een pas op de plaats, ik ben niet zo van slag ervan als zij wel denkt.'

'En ben je dan van slag dat het uit is tussen jullie?'

'Wil je dat ik er iets over vertel?'

'Misschien.'

'Misschien?' vroeg ik.

'Je hebt me er helemaal niks over verteld.'

'Jawel toch? Hoe weet je het anders?'

'Van Bee.'

'O.'

'Ze had je een week de kans gegeven om het zelf te doen. En toen heeft zij het gedaan.'

'Wanneer? Een week nadat zij het uitmaakte?'

'Zij zei dat jullie het samen in goed overleg hadden besloten.'

'O. O ja.'

'Zat het er al een tijdje aan te komen? Ik had geen idee. Hoewel Bee natuurlijk al een tijd onrustig was.'

Ik staarde haar aan. Dat Bee al een tijd onrustig was, zei ze. Ik vroeg haar welk soort onrust ze bedoelde. Wat wist zij wat ik niet wist? Ik kwam er niet achter of ze me niet wilde vertellen wat ze wist of dat ze gewoon niet zoveel wist. Ik vroeg of die onrust van Bee iets was waarover zij Marie had verteld of dat het iets was wat ze zelf had opgemerkt. Daaruit zou mogelijk volgen dat ik iets opmerkbaars niet gezien had. Maar nu haalde Marie haar schouders op. We waren niet gewend in deze diepten af te dalen. Zij was nog jong, hoewel heel wijs, veel wijzer en opmerkzamer dan ik op die leeftijd was geweest. We dronken thee.

Ik gaf haar tweehonderd euro voor een nieuwe vintage jas. En toen moest ze weg want zij had nog een feestje. Ik bestelde een glas wijn en wilde nog heel even blijven zitten zo bij dat raam. Ik bedacht dat het woord cesuur de betekenis heeft van een pauze, in een versregel of een stuk muziek, maar ook een breuk kan betekenen, het eind van iets en het begin van iets anders. Ik wist nog niet of er een pauze was gevallen en de muziek binnenkort weer verderging of dat er een echte ingrijpende verandering ophanden was. Er zat een man aan de tafel naast me naar wie ik glimlachte zoals ik dat jaren geleden zou hebben gedaan, als een uitnodiging. Hij keek verstrooid, verstoord, in zijn eigen gedachten verzonken. En plots greep die blik van hem me, ontroerde me, deze man zat hevig over zichzelf na te denken, zoals ik ook. In deze hele stad waren er mensen die zich afvroegen in welke toonsoort hun leven was gestemd en of ze er een draai aan zouden moeten geven, of er een pauze zat in de muziek of dat er soms een heel ander plaatje moest worden opgezet. Ik bekeek hem beter. Hij leek me iets ouder dan ik, beschaafd en niet onbemiddeld, dacht ik aan een optelsom van kleinigheden af te lezen: zijn trui, zijn leesbril naast het servet, zijn haar en hoe zijn gezicht getekend was. Hij had een zachtmoedige uitstraling en zijn lichaam had een jongensachtige tengerheid. In zijn ogen lag iets koortsigs, iets onmiskenbaar wanhopigs, en ik stelde me even voor dat ik hem aan zou raken en hoe gevoelig hij ongetwijfeld zou zijn, heel zacht, en sidderend onder mijn vingertoppen.

Ik rekende af en toen ik buiten op het punt stond mijn fiets van het slot te halen, zag ik hem naar buiten komen. In een opwelling waarbij mijn lichaam mijn hoofd vooruit

leek te snellen, besloot ik mijn fiets te laten staan en begon
ik hem te volgen. Hij liep vrij snel en hoewel het niet erg
koud was had hij een wollen muts opgezet. Hij sloeg drie-
maal af en ging toen de brug over. Aan het water, aan het
kleine stukje gracht, het Oostergrachtje heette het daar
volgens mij, op nummer 4, stak hij zijn sleutel in het slot en
ging naar binnen. Er brandde daarbinnen nog geen licht,
er was niet al iemand thuis. Het was een oud, breed pand
van vier verdiepingen. Toen hij de lichten aandeed, ver-
schillende, een voor een, en de ruimte achter het raam van
de benedenverdieping in een goudgele glans had gezet, zag
ik hem weer. Hij haalde zijn muts van zijn hoofd en stond
een tijdlang roerloos in de kamer achter zijn ramen.

De dagen erna fietste ik met regelmaat even langs het
Oostergrachtje. Op de brug kon ik gemakkelijk stilhou-
den en leunend op de reling keek ik naar het water, las ik
mails op mijn telefoon en hield ik het huis op nummer 4 in
de gaten. Op de drie treden van de stenen trap die naar de
voordeur optelden, stonden potten met planten erin. Een-
maal zag ik hem hangend met zijn arm aan de deurpost, in
een witte korte broek, de planten begieten met een wijn-
fles. Eenmaal zag ik hem met een krant en een grote mok
in de ochtendzon op zijn trapje zitten. Op een avond zag
ik hem samen met iemand zijn huis binnengaan. Een slan
ke vrouw, modieus gekleed en hooggehakt. Ik naderde het
huis en probeerde een glimp van hen op te vangen door het
raam. Ik zag de lichten opstijgen van de benedenverdie-
ping via de eerste, naar de tweede verdieping. Toen ik het
al behoorlijk koud gekregen had waren de lichten allang uit
en was ze nog altijd niet naar buiten gekomen.

5

Oostergrachtje 4

Enkele weken nadat ik hem had leren kennen, zag ik hem eens op een vroege morgen met een koffer het huis verlaten. Ik stond weer op de brug en werkte aan een kleine speech voor later die middag tijdens een borrel op mijn werk. Het zou ook het afscheid zijn van Miranda, de PhD-student die met mij het onderzoek naar de *Leptotrichia animalis* had opgezet en uitgevoerd. Je zou denken dat ik met het afscheid van haar nu dan ook van mijn onderzoek afscheid zou nemen, dat zou een natuurlijk moment en een verstandig besluit zijn, maar in mij bloeide een zekere vreugde over het vooruitzicht dat ik weer alleen met de bacteriën zou kunnen zijn. Wij hadden ieder onze eigen planken en hoeken in het lab. Ik zou daar in mijn hoek eenvoudig wat nieuwe experimenten kunnen opzetten. Ik zou de omstandigheden wat kunnen veranderen, ik zou verschillende omstandigheden naast elkaar kunnen opzetten, ik zou in een van mijn kweekjes een piepklein beetje serum kunnen morsen en het effect daarvan eens bestuderen. *Leptotrichia* heeft anaerobe kweekcondities nodig, wat betekent dat de buisjes op platen of in vloeibare media in een zuurstofloze, doorzichtige pot zitten in een stoof. Ik zou ze daar veilig kunnen behoeden voor de bemoeienis van anderen.

Ik zag hem naar buiten komen, hij zag er netjes uit in zijn pak en hij had de muts weer op. Hij fietste weg met zijn koffer die hij op een vernuftige manier in balans hield op de bagagedrager. Een handige man, dacht ik, fysiek sterk en motorisch goed georganiseerd, dat zag je aan alles, aan het opstappen, het vasthouden van de koffer, het wegfietsen in een haakse bocht. Nadat ik hem de hoek om had zien gaan zette ik mijn fiets tegen de reling van de brug en liep ik naar zijn deur. L. Kosta, stond er op het naambordje naast de bel. Leo? Leonard? Laurens? Hij was wel vaker van huis, ook 's nachts. Ik vroeg me af of hij dan bij de vrouw met haar mooie kleren was. Ik vroeg me af of hij dan een koffer meenam. Voor een nacht, dacht ik, neem je geen koffer mee. Voor een bezoek aan je geliefde ook niet. Ik ging op de stenen trap zitten waar de ochtendzon op mijn gezicht scheen zoals ik de ochtendzon eerder op zijn gezicht had zien schijnen. Ik wil gezegd hebben dat ik wel door had dat het vreemd was dat ik zo in de ban aan het raken was van meneer Kosta, maar ik vond het relativeerbaar, juist omdat ik me zo bewust was van de vreemdheid van mijn gedrag. Vooral had ik sterk het gevoel dat ik niet alleen een verlangen van mijzelf volgde maar ook gehoor gaf aan de nood van een ander. Het was die blik van hem geweest in het restaurant die avond met Marie. Ik was geraakt geweest, ik had het idee dat ik hem moest leren kennen, ik had het idee dat hij iemand nodig had die naar hem keek en die hem in de gaten hield. Ik had het idee dat hij mij nodig had. Ik keek naar mijn fiets, naar het bruggetje vanwaar ik hem bekeken had, waar hij me gezien moest hebben, gezien heeft, onbewust, maar toch, mij gezien heeft. Onder de tweede bloempot die ik optilde lag de sleutel.

6

Laboratorium

's Middags op het lab gaf Miranda me een stapeltje papier. Ze had bij het afronden en archiveren toch nog een opmerkelijke groei gemeten. Het moet herhaald worden om het zeker te weten, zei ze, maar het lijkt erop dat je misschien alsnog gelijk krijgt. Zie je wel, dacht ik. En: ja, het moet herhaald worden. Ik bedankte haar en gaf haar ook mijn afscheidscadeau, een fles port uit haar geboortejaar. Ik hield mijn praatje en terwijl ik mijn praatje hield keek ik naar de kleine kring van collega's van wie ik sommigen al bijna vijftien jaar kende en die als een familie voor me waren. Ze kenden Marie, ze waren bij me thuis geweest, ze kenden Bee, sommigen kenden zelfs Kristof. We waren op de begrafenissen van elkaars ouders geweest. Ze waren me dierbaar, deze mensen, net als deze plek, net als dit werk. Ik was er nog niet aan toegekomen om te vertellen dat Bee bij me weg was. Ik nam me voor dat vandaag te doen en om het zo te doen dat ik er verder niet te veel over hoefde te vertellen, want wat was er te vertellen? Ik had nog geen conclusies paraat, geen gevoelens om te beschouwen, geen idee over hoe het nu verder moest allemaal. Ik dacht behalve aan al deze dingen ook aan de man die met zijn koffer op reis was gegaan, naar Duitsland, wist ik inmiddels, de man die Louis Kosta heette en die ik de afgelopen ochtend een stuk beter had leren kennen.

Na mijn praatje kwam er nog een praatje en daarna stonden we in de keuken en de gang. We voerden dezelfde werkdoordrenkte gesprekken als altijd, maar dan met bier in onze handen in plaats van koppen koffie. Jane gaf me al snel de perfecte voorzet, door te vragen of Bee en ik zin hadden om binnenkort weer eens bij haar en Sicco te komen eten, iets wat we met enige regelmaat deden, en ik zei het maar meteen.

'Ik vrees dat het niet zal gaan, niet samen althans, ik vrees dat wij uit elkaar zijn.'

Ze fronste haar voorhoofd en keek me aan met haar kleine heldere bruine ogen.

'Ach. Werkelijk? Waarom?' Maar meteen schudde ze ferm haar hoofd. 'Nee, dat is een stomme vraag.'

'Ja,' zei ik, 'als er op dat soort vragen een antwoord was...'

'Ja! Dan zou ik niet de hele dag door de microscoop staan te turen!' riep Tom, en we lachten want we wisten dat wat er ook gebeurde, ooit, waar dan ook ter wereld of in zijn eigen leven, Tom altijd door de microscoop zou staan te turen – in overdrachtelijke zin dan, want op het biomedisch lab staarde bijna niemand ooit nog echt door de microscoop.

'Ging het niet goed tussen jullie?' vroeg Tom.

'Ik weet het niet,' zei ik naar waarheid, 'waarschijnlijk niet, maar ik had het niet in de gaten, of ik dacht dat het van voorbijgaande aard was, of ik dacht misschien: ik laat haar even, ik laat haar gewoon even, en maakte daarmee precies de verkeerde keus.'

Jane en Tom en Simon, die er inmiddels ook bij stond, knikten alsof ze het allemaal weleens hadden meegemaakt, en dat was waarschijnlijk ook zo. Wie had het niet allemaal al eens meegemaakt? Buiten ging de straatverlichting aan, iemand hing zijn telefoon aan een speaker en er klonk muziek. Ik dacht even aan het huis van Louis, aan de sfeer en de spullen, en er was een zenuwachtige spanning in mijn borst. Ik probeerde me te focussen op het gesprek, dat tenslotte over mij ging.

'Marie zei iets geks laatst,' hoorde ik mezelf vertellen, 'ze zei: "Bee was natuurlijk al een tijd onrustig."'

'O?' zei Tom.

'En?' vroeg Jane.

'Nou, geen idee,' zei ik, 'niks van gemerkt. Is dat niet vreemd?'

'Je ziet ook niet hoe je kind groeit,' zei Simon die een kleuter en een peuter thuis heeft, 'het is moeilijk om langzame veranderingen te zien in datgene waar je bovenop zit.'

'Ja. Ineens zijn ze groot,' zei Jane, 'die kinderen.'

'Ja. Of verdwenen,' zei ik, 'zo'n partner. En wat betekent onrustig? Wat is het precies? Is er iemand van jullie onrustig?'

'Ik ben vooral moe,' zei Simon.

'Onrustig? Nee. Ik niet,' zei Jane, 'en Sicco ook niet volgens mij. Of wel? Wat zijn de verschijnselen?' Haar man Sicco was een leuke man, sociaal begaafd en van alles op de hoogte, wat natuurlijk daarmee samenhing. Hij was psychiater en vertelde meestal mooie verhalen over zijn vak en zijn patiënten.

'De verschijnselen waarvan?' vroeg een jonge collega die zich bij ons voegde.

'De verschijnselen van onrust,' zei Jane.

De verschijnselen, dacht ik, wat de verschijnselen zijn? Dat je hoofd niet is waar je lijf is.

'Misschien betekent het dat er een ander is? Misschien is onrust hier een eufemisme voor vreemdgaan?' vroeg Simon.

'Ik denk dat je Marie zelf eens moet vragen wat ze bedoelde,' zei Tom, 'of beter nog: aan Bee of het waar is.'

Daarna vroegen ze wat ik naast de colleges van plan was te gaan doen de komende tijd. Ik zei dat ik maar eens wat ging opruimen en nadenken en dat ik eventueel inzetbaar was waar ze me nodig hadden. Maar dat laatste zei ik heel zachtjes en binnensmonds. Tom vertelde nog over een voorbeeld van de Simpsonparadox dat hij tegenkwam in een artikel dat hij moest reviewen. De Simpsonparadox is een statistisch fenomeen waarbij gegevens door een andere groepering van je data een totaal ander beeld kunnen geven. Als je bijvoorbeeld bij coronaonderzoek gevaccineerden vergelijkt met niet-gevaccineerden, en ze niet indeelt naar leeftijd krijg je mogelijk een vertekend beeld doordat oudere mensen zowel vaker gevaccineerd zijn als vaker ernstig geïnfecteerd zijn. De Simpsonparadox is eigenlijk een niet zo heel elegante manier om je gegevens een bepaalde richting op te duwen, dacht ik, omdat hij vaak wordt opgemerkt. Daarna dreef mijn aandacht weg op de golven van de gesprekken om me heen, mijn gezicht stond nog in de luisterstand maar intern dwaalde ik weg, eerst naar mijn bacterieonderzoek en de afwijzing en vandaar naar Bee en de gedachte dat er een ander in het spel geweest was. Ik speelde de film terug van de laatste weken, de ruzies, de moeizame gesprekken. Ik realiseerde me dat ik de vraag of er een ander was nooit gesteld had en dat zij wel met enige regelmaat in de laatste maanden van ons samenzijn een nacht of meerdere dagen en nachten weg was, om zich van mij verlost te voelen, althans dat dacht ik, en dat ik veronderstelde dat ze dan bij Frieda was of bij haar zus. Het leek me alles bij elkaar optellend en aftrekkend nu ineens volkomen absurd dat ik niet eerder die verdenking had gehad. En ook de gedachte dat ze van mij verlost had moeten worden, kwam me nu vreemd voor. Waarom dacht ik zoiets? Ik herinnerde me de laatste keer dat we bij Jane en Sicco hadden gegeten, Bee en ik, niet zo lang voor het moment dat Bee me de bons gaf. Sicco had ons verteld over een patiënt van hem met slaapproblemen, een oude man. Hij had zijn vrouw in het begin van hun relatie een keer bedrogen en dat feit drukte zwaar op zijn geweten. Het was meer dan vijftig jaar geleden, en daarna was er nooit meer zoiets gebeurd, maar die ene misstap hield hem uit zijn slaap. In de gesprekken werkte Sicco met hem toe naar de beslissing om het zijn vrouw te vertellen, in de hoop dat het zijn hart zou verlichten en de slaap zou terugbrengen. Sicco ging ervan uit dat de kwestie in zijn hoofd in al die decennia van schuld onrealistische proporties aangenomen had. Maar nadat de man het aan zijn vrouw had opgebiecht, vroeg zij meteen een scheiding aan. En ze wilde er niet over praten.

'Dus,' zei Jane, 'die man lag wakker omdat hij zijn vrouw kende; hij wist dat overspel binnen hun huwelijk een halsmisdaad was, zonder verjaringstermijn. En de therapie had hem van die kennis richting een illusie geleid, in plaats van, zoals zo'n therapie beoogt, van een obsessie richting de werkelijkheid.'

We vonden het erg tragisch allemaal. 'Maar,' veronderstelde ik, 'daarna zal die man misschien wel van zijn slaapprobleem af zijn geweest?'

'Waarom?' vroeg Bee. 'Waarschijnlijk was hij boos op Sicco en lag hij daar nu wakker van. Sommige dingen zouden beter geheim kunnen blijven.' Ik weet nog dat ze dat gezegd had.

'Nou,' had ik gezegd, 'vanwege het feit dat alles nu in elk geval in overeenstemming met elkaar is. Hij was eindelijk gestraft voor zijn vergrijp, en dat zou weleens rust kunnen geven.' Die avond, na het eten, op weg naar huis, en thuis, hadden we weinig tegen elkaar gezegd. Dat wist ik ook nog, ineens. Nu met terugwerkende kracht zou het heel goed kunnen dat het thema overspel tussen ons in had gehangen, dat haar zinnetje: 'sommige dingen kunnen beter geheim blijven, sommige dingen kunnen beter ongezegd blijven', niet zo onschuldig was. Ik vroeg me af of het me iets zou kunnen schelen het alsnog te weten, of het destijds te hebben geweten, of er iets van een bewust verzwijgen of vermijden was geweest, en of het weet hebben van eventueel overspel een andere uitkomst voor Bee en mij zou kunnen hebben gehad.

Toen ik buiten stond en mijn collega's gedag gezegd had, stuurde ik in een vlaag van impulsieve daadkracht Bee een app: *Zeg Bee, die breuk van ons... nooit gevraagd, maar: was er een ander die tussen ons kwam?* En meteen erna een tweede bericht: *Ik vind het niet erg als het waar is, ik zou het gewoon graag weten. Voor de volledigheid.* Dat was om haar aan te moedigen, ik kon niet met zekerheid zeggen wat haar antwoord met mijn gemoedsrust zou doen. Wat zou erger zijn: verlaten zijn voor iemand? Of verlaten zijn voor niemand, omdat niemand hebben toch nog altijd beter was dan mij hebben? Ze was te mooi voor me geweest, dat had ik altijd wel geweten, Bee was iemand die ervoor zorgde dat mensen hun hoofd omdraaiden en tegen een lantaarnpaal liepen. Ik verlangde hevig naar het Oostergrachtje nummer 4, naar het huis van Louis Kosta, ik verlangde ernaar de aandacht van mijn leven naar het zijne te verleggen.

Ik had een snelle rondgang door het huis gemaakt. De vertrekken waren aangenaam, stijlvol, licht stijfjes ingericht. De woonkamer werd gedomineerd door een vleugel. Er stond, voor zover ik er verstand van heb, moeilijke bladmuziek op, waar met pen strepen en punten in gezet waren. De huisraad was duidelijk gegroeid met de jaren en niet ineens gekocht. Hout en warme kleuren overheersten. Ik bekeek talloze foto's van Louis Kosta in een doos in de kast, foto's waarop ik zag hoe een prachtige mengeling van nieuwsgierigheid en verlegenheid zijn gezicht versierde, op allerlei leeftijden. Hij had zussen, hij was getrouwd (geweest?), hij had een zoon. Ik zag pianospelende versies van hem, en op verschillende momenten stond hij achter een lessenaar, op een podium, in een pak. Ik nam met mijn telefoon een paar foto's van zijn foto's. Op het aanrecht lag een rouwkaart, een begrafenis overmorgen in het Duitse Oldenburg. Ik nam aan dat hij daarnaartoe was met zijn koffer. Ik keek in de koelkast en die was redelijk gevuld, kaas, wijn, melk, sambal, yoghurt, sla en aardappelen en bakjes met restjes eten, soms heel weinig erin – hij was geen weggooier. De vloer was van brede eikenhouten planken, in de woonkamer in het souterrain lag een dik kleed op de vloer voor de bank en boven die bank hing een groot duister werk van een bos waartussen en half verscholen achter de stammen mistflarden hingen en twee ijle figuren stonden. Aan de eettafel stonden vier stoelen maar er zouden er gemakkelijk nog vier bij kunnen. Een verdieping hoger was een kleine, volle werkkamer. Een bedbank, een bureau en een gewone houten stoel met een kussen erop. Boekenkasten. Veel geschiedenis, maar ook romans, kunstboeken en een verzameling poëzie. Ik kon uit wat ik zag niet opmaken wat hij hier in deze werkkamer aan dat bureau deed. Ik had geen tijd ook, ik moest door, ik moest later terugkomen om de boekenkast verder te inspecteren en de laden van het bureau te onderzoeken en door de papieren boven op het blad te bladeren. Dit was een eerste scan, een quickscan. Tegenover de werkkamer bevond zich een kamer waarvan ik veronderstelde dat het de kamer van zijn kind was geweest, maar behalve dingen die tot die conclusie leidden, was er een wasrek vol lakens en handdoeken en kussenslopen en stonden er de vier stoelen die ik eerder bij de eettafel had zien passen, naast elkaar met hun rug tegen de muur als een klein publiek toe te kijken. Het leek er niet op dat hier behalve Louis nog iemand woonde. Ik keek een verdieping hoger in zijn slaapkamer naar de kleren in zijn kast, pakken en dassen, het uniform van de zakenman, wollen truien zag ik ook, en een jurk, met een kettinkje aan dezelfde hanger in de hoek van de hangkast, verder geen vrouwenkleren. Ik trok het verfrommelde laken op zijn bed recht. Ik keek of er een dagboek lag op het nachtkastje naast het glas en de oordoppen en een drietal boeken. Een dagboek waarin ik al zijn gedachten en zorgen zou kunnen lezen, zodat ik zou weten of ook hij zich in een cesuur bevond, of mogelijk zelfs midden in een crisis, vond ik niet.

Ik had de sleutel laten bijmaken bij de ijzerhandel om de hoek en had het origineel terug onder de pot gelegd.

7

Een ander

Ja, appte Bee terug, en het duurde even voor ik begreep waar ze ja op zei. Een ander? Echt? *Maar ook weer niet echt*, appte ze erachteraan. Ik kon het wel zo'n beetje uittekenen. Een ander op wie ze verliefd werd, even maar, niets duurzaams, het maakte eerder duidelijk dat ze niet meer bij mij wilde zijn dan dat ze nou zo nodig bij die ander wilde zijn. De conversatie was nog niet begonnen of ik had er alweer genoeg van. *Wijn? De Duif? Morgen einde middag?* Ik gaf geen antwoord. Ik zou wel morgen rond vijven in De Duif verschijnen en kijken of ze er zat. Meer dan mijn nonchalance kreeg ze niet van me.

's Ochtends vroeg ging ik terug naar het huis van Louis Kosta. Zijn fiets stond er niet en ik vertrouwde erop dat hij inderdaad op een begrafenis in Oldenburg was. Het huis was zoals ik het had achtergelaten, er was niets veranderd. Ik zette een kopje thee, ik dronk uit dezelfde grote beker waaruit ik hem eens had zien drinken. Ik dwaalde door het huis, het paste me, de sfeer, de spullen, er stond een tafellamp van Foscarini die ik ook heb, er was een stoel voor het raam zoals er in mijn huis ook een stoel voor een raam staat. Uit alles bleek dat hij een goede smaak had en ook een zekere welstand. Hij was geboren in Den Haag, zijn vrouw, met wie hij vermoedelijk niet langer samen was, heette Lily. Ik keek uit het raam naar de brug waarvandaan ik de afgelopen weken zo regelmatig naar zijn ramen had gekeken. Ik dacht aan die eerste keer, toen hij hier naar binnen ging en doodstil midden in zijn kamer stond, de verlorenheid die daaruit sprak, het verlangen dat het in mij opriep om mijn armen om hem heen te slaan, hem mee te nemen, neer te leggen. Ik drukte op de playknop van de cd-speler en luisterde naar *King Arthur* van Purcell, ik bladerde door foto's, ik keek naar hem als kind, als jongeman, als vader van zijn kind. Ik bestudeerde zijn gezicht dat me al vertrouwd begon te worden, ik speurde achter zijn gelaatstrekken naar wie hij was. Ik probeerde erachter te komen wat hij deed, maar ik vond geen aanwijzingen, geen agenda met afspraken. Ik rook aan de gedragen kleren over de stoel, aan de oksels van een overhemd. Ik snoof het parfum van de revers van een jasje. Ik spoelde de theebeker om en zette hem terug. Er was een keukenkastdeurtje dat niet goed sloot. Met een schroevendraaier uit de meterkast draaide ik de scharnieren vast, waarna het euvel was verholpen. Ik was heel rustig en gelukkig in zijn huis.

Om half zes kwam ik De Duif binnen, Bee zat er, haar hand tussen de krant die ze aan het lezen was, half toegedraaid naar een sherrydrinkster die tegen haar aan praatte en naar wie ze zo te zien met tegenzin luisterde. Ik dacht aan de vele keren dat zij in mijn aanwezigheid de krant gelezen had, aan hoe zij in staat was de hele krant in bad te lezen zonder dat hij nat werd. We gingen dicht bij elkaar zitten, om de anderen buiten te sluiten, we bestelden wijn en bitterballen, ik dacht: wat ben je toch helemaal anders dan Louis, en wist dat het nergens op sloeg om zoiets te denken. ‘Hoe gaat het met je?’ vroeg ze. ‘Ja,’ zei ik. En er viel een lange stilte, ik meende dat haar blik wel geamuseerd te noemen was, ze zal voor zichzelf bevestigd hebben gezien dat ik een vreemd figuur was, wereldvreemd, niet eens antwoord geven op zo’n heel normale vraag als hoe gaat het met je. Bee had een appartement gevonden waar ze kon blijven. Wie moest hier nu ter zake komen en het overspel aansnijden? Ik klokte mijn wijn veel te gretig in enkele slokken naar binnen en bestelde een nieuw glas. ‘Nou lopen we tenminste gelijk,’ zei ik, want Bee had er al één gedronken voor ik er was. En toen deed ik een truc die werkte en waarvan ik me voornam hem te onthouden. ‘Nou,’ zei ik, en ik legde mijn hand open op tafel, ‘vertel!’ Bee kwam onmiddellijk over de brug. Ze zei dat ze dacht dat ik het wel in de gaten had gehad maar verkoos er mijn ogen gesloten voor te houden. Ze zei dat de desinteresse die volgens haar sprak uit die houding, dat gebrek aan jaloezie, voor haar veel vertelde over hoe weinig verbonden we waren. Ze kon zich niet voorstellen dat mijn naïviteit zo alomvattend was dat ik niets had gemerkt, en dat werkelijk nu pas de vraag bij me opgekomen was.

‘Don’t ask, don’t tell,’ zei Bee, ‘ik dacht dat dat jouw insteek was.’ Ik staarde naar haar wenkbrauwen. Ze liet die door haar Egyptische kapper met een touwtje epileren. Ik was weleens meegegaan op haar advies maar daarna was ik vergeten het bij te houden. Ik had geen gevoel voor die dingen. Alleen als Bee naast me stond in de badkamer smeerde ik crème op mijn gezicht.

‘Waar dacht je dan dat ik sliep als ik niet thuis sliep?’

‘Ik weet het niet,’ zei ik, naar waarheid. ‘Ik veronderstelde dat je sliep waar je eerder ook weleens sliep, na een ruzie, of die keer dat ik ziek was en jij daardoor niet kon slapen in mijn buurt, weet je nog? Bij je zus. Of bij Frieda.'

'Echt?'

'Ik vertrouwde je.'

Ze heette Stefanie en ze was vierendertig (beetje jong, zei ik) en ze was verliefd op Bee. Bee was dat zelf niet hoor, zei ze tenminste, maar die verliefdheid van die ander was iets heel krachtigs, iets wat haar flink had ingepakt. 'Ze bewondert me, en ze geeft me veel aandacht.' Dus, begreep ik, toen Bee mij destijds haar verontwaardiging uitserveerde, zich beklaagde over het feit dat ik haar niet zag, werd ik langs een meetlat gelegd met die ander, wentelde Bee zich tezelfdertijd ook in háár blik – die beter was, aandachtig was en vol bewondering. Ik spoelde de misselijkheid weg met mijn wijn en Bee wenkte de barman voor twee nieuwe glazen.

'Schaam jij je niet?' vroeg ik.

Bee keek me verbouwereerd aan. 'Het spijt me,' zei ze. Ik had altijd gedacht dat Bee superieur aan mij was in het hebben van een relatie, het praten over gevoelens, woorden als eerlijkheid, openheid, kwetsbaarheid, die strooide ze rond en daarvan begreep ze de inhoud en de reikwijdte en ze wist hoe het moest.

'Wat spijt je?' vroeg ik. Ik luisterde niet echt meer naar wat ze zei, ik keek vooral naar haar. Van wat ik ervan meekreeg had Bee vooral spijt van het feit dat ze mij had overschat, dat ze had gedacht dat ik het wel wist maar niet wílde weten, in plaats van, zoals in werkelijkheid, dat ik het niet wist en dat het wel zo netjes was geweest mij van alle feiten op de hoogte te stellen voordat ze met slaande deuren vertrok. 'En ben je nu met deze Stefanie samen?'

Ik hoorde de gekwetstheid die per ongeluk in mijn stem was geslopen. 'Niet echt,' zei Bee en ik wist genoeg. Ik wilde weggaan, maar ik kreeg mezelf niet in beweging. Bee zei nog maar weer eens dat ik zo moeilijk was geweest om mee samen te leven, zo eenzelvig, wel lief, maar niet open, dat ik haar niet nodig had gehad en er ook niet was voor haar op de manier waarop partners er voor elkaar zijn. Zoals Bee tegen me sprak die middag in De Duif klonk het vooral als een enorme beproeving om met mij te moeten leven: ik zei niks, of het verkeerde, ik was niet geïnteresseerd in dingen die voor haar belangrijk waren en probeerde juist diep door te dringen in waar ik niets te zoeken had, ik was weg als ik thuis moest zijn of liep thuis in de weg, ik betrok haar niet bij mijn leven en verwachtte wel van alles, ik sprak me niet uit, of over de verkeerde dingen. Die arme Bee, wat een rotleven moest ze de afgelopen jaren met mij hebben gehad. Ik voelde me verdrietig dat ik ondanks mijn niet-aflatende pogingen om te zijn zoals ze me hebben wilde, toch had gefaald. Ik wilde in het bed van Louis liggen en hem in mijn armen nemen en hem troosten om het feit dat het zo moeilijk is om in de mal van een ander te passen, want hoe kneedbaar je ook bent, die mal zal altijd vroeg of laat gaan knellen. Ik had graag tegen Bee willen zeggen dat ik haar nooit meer hoefde te zien.

8

Leptotrichia animalis

Op het lab begon ik twee nieuwe kweken om de resultaten van Miranda te controleren. Ik voegde een heel klein beetje serum toe aan het steriele medium van de lepto's. Ik bestudeerde de ongeïdentificeerde factor van de *Leptotrichia* op de groei van de cellen in de kweek. De nieuwe promovenda die ik wegwijs maakte, vertelde ik dat zij daar niets mee hoefde, dat dit mijn particuliere project was en dat ik er voorlopig zelf zicht op zou houden. Toen een van de analisten die middag naar mijn opstelling stond te kijken zei ik dat ik dat liever niet had, dat ik liever had dat iedereen die cellen en bacteriën met rust zou laten. Mijn intuïtie zei me dat ik iets op het spoor was en om het keiharde bewijs te leveren had ik middelen nodig, die ik pas zou krijgen als ik een vermoeden van bewijs kon overleggen, als ik één stap verder was, dus zette ik mezelf één stap verder op de weg die ik zo helder voor me zag. Ik was voor het eerst sinds lange tijd met geestdrift aan de gang en ik zat tot laat aan mijn bureau. Tegen zevenen klopte Jane op mijn deur en stelde me voor dat ik met haar mee zou gaan om met haar en Sicco te eten. Ik sloot af en pakte mijn tas. Ik liet mijn fiets staan en we liepen naar hun herenhuis aan de markt, ik vertelde Jane onderweg dat er schot in mijn zaak zat en door dat te doen, maakte ik mijn plannen onherroepelijker. Het was een mooie avond, windstil.

Sicco vond het leuk dat ik er was en trok onmiddellijk een fles dubbelestipwijn open. Zij hadden een behoorlijke wijncollectie en de flessen waren voorzien van kleine ronde stickers. Geen stip betekende dat hun kinderen als zij er niet waren de fles ook mochten pakken, de doordeweekse slobber noemde Sicco die, een stip was voor een goede wijn en twee voor een echt bijzondere fles. Ik vertelde over Bee en hoe erg ik me van haar en van de herinnering aan haar vervreemd voelde door de nieuwe informatie die ik in De Duif van haar had gekregen. Ik vroeg of zij vonden dat het hout sneed: dat Bee dacht dat ik het wel wist maar er niets van wilde weten en dat zij er daarom, uit consideratie met mij, niets over vertelde. Nee, vond Sicco, zij heeft jouw vermeende desinteresse ingezet om het zichzelf gemakkelijk te maken. Maar, zei ik, zo is ze niet, zo was ze nooit, Bee was juist van de confrontatie, die wilde mij dat ook de hele tijd leren. Een mens doet rare dingen als ze verliefd is, zei Sicco. Maar ze was niet verliefd, ze had gezegd dat ze niet verliefd was op die Stefanie! Jane legde kort haar hand op mijn arm. Niemand geloofde dat, alleen ik, alleen ik geloofde dat ze bij een zus of een vriendin sliep, en alleen ik geloofde dat ze niet verliefd was op Stefanie. Ineens vroeg ik me af of Kristof destijds misschien ook een ander had gehad, dat ik ook daar zo tekortgeschoten was, te eenzelvig en te onafhankelijk was geweest en daardoor hem in de armen van een ander had gedreven, eentje met aandacht en bewondering, eentje die had wat hij nodig had, eentje die hem nodig had. Maakt het uit, vroeg ik, maakt het iets uit of je weet waarom iemand je verlaat? Leiden gesprekken over waarom en hoe en met welke gevoelens ergens toe? Het verhaal kan immers een leugen zijn, en de uitkomst blijft hetzelfde en het onverenigbare of het onoverbrugbare dat de pijnlijke kern is van zo'n breuk verdwijnt er niet door. Al dat praten is alleen een ritueel. Bee had destijds voorgesteld om samen in therapie te gaan en ik was daarmee akkoord gegaan. Maar we waren er beiden niet meer over begonnen.

Sicco schonk mijn glas vol met fluweelzachte wijn en het was donker geworden en Jane deed meer lichten aan. Ik vroeg of hij wel eens relatietherapie gaf. Dat deed hij niet, maar hij had wel een keer de beide helften van een koppel in therapie gehad. Ze wisten het niet van elkaar. Zij duidde hem aan als 'haar vriend' en niet met zijn naam, en hij sprak niet zoveel over haar, en zo kwam het dat Sicco pas na een tijdje in de gaten had dat ze bij elkaar hoorden. Eerst had een vrouw zich bij hem gemeld. Ze was gescheiden van de vader van haar drie kinderen en had sinds een jaar een nieuwe relatie met een eveneens gescheiden man. Aanvankelijk had ze haar dubbelleven erg op prijs gesteld. Elke twee weken zes dagen vrij en verliefd, alsof ze weer jong was, alsof ze weer van zichzelf was, en de rest van de dagen toegewijd aan haar jonge kinderen. Ze propageerde deze levenswijze aan iedereen die het horen wilde. Zei dat ze een betere moeder was nu ze het parttime deed, en dat de vrijheid die ze nu had de ideale voorwaarde was voor de liefde in deze levensfase. Maar na verloop van tijd begon ze zich verscheurd te voelen, ze miste haar kinderen of haar geliefde, en als de kinderen er in de kinderweek een keer niet waren of haar vriend er in de kinderloze dagen niet was, voelde ze zich verloren en troostte ze zichzelf met eten. Ze wilde integreren, stiefouders van elkaars kinderen worden, samenwonen, de hele mikmak, er moest een constante zijn in haar leven. Die is er al, had Sicco toen tegen haar gezegd, er is een constante in je leven, een die er in alle gevallen is, en dat ben jij zelf. Haar therapie ging over haar relatie met zichzelf. In dezelfde tijd kwam er een man met de volgende kwestie bij Sicco: hij was gescheiden en zag zijn kinderen niet veel. Hij had een redelijk stabiele latrelatie met een vrouw die hij een deel van de tijd niet zag omdat zij dan voor haar kinderen zorgde. In de dagen alleen beleefde hij korte affaires met vrouwen die hij via Tinder ontmoette. De meeste van zijn affaires sneuvelden na een aantal weken op zijn beschikbaarheid. Soms was hij openhartig over de relatie die hij al had en soms niet. Hij maakte er een zaak van niet veel te vertellen maar nooit glashard te liegen. Hij had zich bij Sicco gemeld omdat hij de controle aan het verliezen was. Hij kon niet stoppen met het verslavende swipen en de spanning richting en tijdens een eerste ontmoeting. Hij dacht de hele dag aan seks en nieuwe avonturen. Als Tinder niet matchte bezocht hij prostituees. Hij begon nu ook tijdens de dagen met zijn vriendin de correspondentie met andere vrouwen te onderhouden, een enkele keer zag hij een ander zelfs terwijl zij in zijn huis op hem wachtte of daar voor hen stond te koken. Hij verwaarloosde zijn werk en zijn vrienden, hij wist niet meer precies wie hij wat verteld had, hij was bang om in aanwezigheid van zijn vriendin een van zijn andere liefjes tegen te komen en raakte in paniek als de bel of de telefoon ging. De moderne tijden zijn barre tijden, had hij tegen Sicco gezegd. Hij wilde dat hij nog in God geloofde of dat zijn moeder nog leefde, hij voelde zich volkomen los van zijn ankers. Je kunt, had Sicco tegen hem gezegd, op zoek gaan naar de ankers in jezelf. Jane, Sicco zelf en ik waren stil en we dronken van de dubbelestipwijn.

'Mooi hoor,' zei Jane, 'de ankers in jezelf.'

'Ja,' zei ik, 'en jezelf als constante.'

'Ja,' zei Jane, 'dat ook.'

'Jaja,' zei Sicco, 'het is gemakkelijk mooi gezegd.'

Ik besloot niet naar mijn fiets, die nog bij het lab stond, te gaan, maar het uur naar huis te lopen om mijn hoofd helder te maken. De hoofdpersonen uit Sicco's therapeutenkamertje vergezelden me, evenals Jane en Sicco, ankers, stippen, bacteriën. En Louis Kosta. En Bee en haar laaghartige overspel en leugenachtigheid. Ik vervloekte mijn secundaire reactievermogen waardoor ik niets over Stefanie had gevraagd en nu niet wist hoe ik moest denken over dit vriendinnetje van Bee. Was ze mooi, was ze slim? Ze was vast extravert en spontaan, frivool zelfs misschien. Moest ik op de valreep, of eigenlijk ruim na de valreep, een rivale in haar zien? Moest ik de meubels en boeken en vazen en kandelaars en foto's en het beddengoed en Bee zelf haar huurappartement uit en terug naar huis sleuren en eisen dat we het allemaal over zouden doen, vanaf het begin, maar nu goed, en eerlijk? Bestond er in zaken zoals deze wel zoiets als eerlijkheid, als de waarheid? Was de tanende liefde van Bee voor mij de motor achter haar leugens of waren haar leugens de moordenaar van de liefde? Had het allemaal ook anders gekund? Was er iets echt? Ik wist als wetenschapper dat de waarheid altijd tijdelijk is, alleen maar bestaat totdat hij wordt vervangen door een nieuwe waarheid. Ik begon harder te lopen, de avond was zacht, de straten waren leeg en de wijn maakte mijn gedachten scherp. Hoe was het mogelijk dat Bee de schuld aan mij en mijn karakter had gegeven? *Ik hou wel van wie je bent maar niet van hoe je bent.* Ik had me dat aangetrokken en ik had gewenst dat ik anders was. Maar ze had met me moeten praten en open kaart moeten spelen, in plaats van mij te verwijten dat ik niet praatte en geen open kaart met haar speelde. Ik had het misschien helemaal niet eens erg gevonden, ik had haar alle ruimte kunnen geven om zich in de aandacht van Stefanie te wentelen. Ze had mij erover kunnen vertellen, 's nachts in ons bed met onze gezichten naar elkaar toe en onze handen in elkaar gevouwen. Ze had me kunnen vertellen hoe het was en wat het met haar deed, en mij op die manier zeer nabij kunnen komen. Ik stelde me deze hele nieuwe variant van onze intimiteit voor en, misschien wel voor het eerst sinds de breuk, voelde ik onversneden liefdesverdriet, voelde ik me als een gewond dier, voelde ik de pijn van het verlaten zijn en het voorgoed verstoken zijn van de warmte van de ander, wilde ik schreeuwen in de nacht en met mijn hoofd tegen een muur slaan om de pijn vanbinnen kwijt te raken. Thuisgekomen trok ik nog een fles open. Stiploos.

9

Wie ben ik?

Wekenlang stapelden de dagen zich op als bleke imitaties van elkaar. Ik bereidde me voor op mijn collegereeks. Ik zon intussen op manieren om er onderuit te komen. Ik hield iedereen uit de buurt van mijn bacteriekweek en ik hield de spectaculaire groei in de gaten. Ik deed mijn gymnastiekoefeningen. Ik probeerde niet te vergeten te eten. Ik leefde als de student die ik geweest was in mindere tijden. Ik at rijst met boter en suiker, terwijl ik tegenwoordig het geld en de apps had om sushi met warme sake te laten bezorgen aan de deur. Ik dwong mezelf mijn zinnen te verzetten en las romans die ik vergat zodra ik ze dichtsloeg. Maar toen vond ik mezelf op een ochtend met een boek op mijn schoot en de koud geworden thee op de vensterbank alleen maar denkend aan Louis Kosta. Ik was bezorgd. Hoe zou het met hem gaan? Er was zoveel wat ik niet over hem wist.

Volgens aanwijzingen die ik inmiddels redelijk in kaart had – geen fiets, de gordijnen van het souterrain gesloten – was Louis niet thuis. Dat was me al vaker opgevallen, op donderdagen was hij blijkbaar elders. Hij vertrok vroeg en kwam laat of helemaal niet thuis. Op woensdagen was hij vrijwel altijd thuis en soms op andere doordeweekse dagen ook. Onregelmatig kwam die vrouw die ik al in de eerste week gezien had bij hem en bleef dan soms ook slapen. Ze was altijd zeer goed gekleed, samen vormden ze een mooi plaatje, en de keer dat ik wat langer zicht gehad had op enige interactie tussen hen zag ik hem aandachtig zijn en charmant. Op een ochtend had ik haar gevolgd. Ze ging naar het station en stapte in een trein richting het zuiden en ik nam dus aan dat ze in een andere plaats woonde en wellicht was Louis bij haar op de avonden dat hij niet thuiskwam. Ze hadden waarschijnlijk een relatie. Ik zeg die vrouw, maar ik wist allang dat ze Eva Wilterdink heette, en dat ze elkaar nu een aantal maanden kenden. Dat ze een meisjesachtig handschrift had en dat ze vooralsnog geen plank in zijn kast had gekregen. Ik kon me althans niet voorstellen dat het wat ordinaire jurkje in zijn hangkast van haar was.

Ik ging het huis binnen. De restanten van het ontbijt stonden nog op tafel, hij was een theedrinker in de ochtend en een liefhebber van zoetigheid. Ik dacht aan Bee die eens gezegd had dat ze het raar vond als volwassen mensen hagelslag eten en daar denk ik sindsdien altijd aan als ik hagelslag eet of zie. Ik zette zijn bord op het aanrecht, maakte een kop koffie en nam in zijn werkkamer plaats aan het bureau. Er lag een kaart van Eva die ik eerder al gelezen had, er stond op dat het zo'n heerlijke avond was geweest. Op de voorkant een tuttig romantisch stadsgezichtje. Ik had me voorgenomen vandaag wat dieper in Louis' leven te duiken door de lades van zijn bureau door te vlooien en hopelijk te stuiten op nog wat verdere correspondentie met ouders, huidige of gewezen geliefden, instanties. Ik miste de elektronische bronnen, de schat die zijn mail en WhatsApp vast waren. Ik las ansichtkaarten van zijn vader, dichtbeschreven en persoonlijk, aan de inhoud, de toon en het ijzeren handschrift meende ik af te lezen dat het een strenge man was. Meestal stond er een advies in van enige aard. Soms een bijbelcitaat. Ik vond ook een interessante brief van zijn kennelijke ex-vrouw, de kennelijke moeder van zijn kind, Lily Blaauw, die hem schreef dat het leven met hem haar had uitgeput. De brief, één getypte pagina, vertelde me in de tekst en tussen de regels over Louis, over Lily zelf, over de aard van hun verbintenis en het drama van de duurzame ontwrichting. Ze sprak over hun 'grote verdriet' en ook dat ze 'in dat verband niet meer over schuld wilde spreken omdat dat gesprek ons allebei niets bracht'. Misschien, dacht ik, waren ze hun zoon verloren, misschien was het iemands schuld genoemd dat dat gebeurd was. Ik had nergens nog een aanwijzing gevonden dat hij overleden was, maar ik wist dat er een rivier van informatie stroomde buiten mijn zicht. Duidelijk was dat Louis zich in zichzelf teruggetrokken had en zich opgesloten had gevoeld. Naar ik aannam en opmaakte uit referenties die zij maakte aan een brief van hem, verlangde hij ernaar dat zij hem uit die verstening los zou maken en hem zou 'redden van zichzelf'. Maar Lily verlangde op haar beurt naar zijn initiatief, zijn troost, ze noemde het in haar brief zelfs 'vaderlijke zorgzaamheid' – en ik begreep dat zij bedoelde dat hij dat voor haar zou moeten hebben en dat het niet ging over hem als vader voor hun kind. Ik stelde me voor hoe ze allebei, in de greep van hun eigen eenzaamheid, verlangden naar contact, en meer dan dat: naar een ingreep, een vaste hand, van de ander. Maar misschien liet ik me meeslepen door mijn verbeelding, misschien was zijn hulpeloosheid een noodzakelijke voorwaarde om me hier een loods aan boord van zijn leven te voelen in plaats van een indringer. Ooit zou dit rechercheren hier moeten veranderen in werkelijk ingrijpen. Omdat ik weleens wat opruimde of at of dronk in zijn huis, stelde ik me voor dat hij allang in de gaten had dat er iemand was. Ik fantaseerde dat hij een briefje op de tafel zou achterlaten voor me, niet met de vraag: 'Wie ben jij?' maar met de vraag: 'Wie ben ik?' En dat ik mijn best zou doen hem dat te vertellen.

Later die middag heb ik even in zijn bed gelegen. Op het nachtkastje lag nu Couperus, *Langs lijnen van geleidelijkheid*. Ik legde mijn wang op de zachte sloop om zijn kussen, ik trok het dekbed tot aan mijn schouders op. Ik zag het zonlicht op de vloer. Ik stelde me voor dat hij hier ook was, dat hij zijn lichaam in mijn armen zou vlijen, ik stelde me voor hoe zacht zijn huid was, hoe hij zou zijn onder mijn aanraking.

10

Vastgelijmd

Ik sprak met Marie af in een lunchtent. Zij nam een broodje hummus en ik nam een broodje kaas. Er was iets met haar.

'Wat is er met je?' vroeg ik.

'Niks. Hoezo?'

'Er is iets met je, ik zie het.' Ze nam een muizenhapje van haar broodje. Ikzelf bracht het er niet veel beter van af.

'Omdat ik niet eet?'

'Hoe je ogen staan.'

'Ik weet niet. Ik ben vast moe. Ik heb weinig geslapen. Ik heb me aan de straat vastgelijmd bij een demonstratie. Toen ben ik door de politie losgemaakt.'

'En meegenomen?'

'Nee, dat niet.'

'Hoe lijm je je dan vast? Waarmee? Aan de straat? Echt?'

Ze legde het me uit. Ze liet me haar handpalmen zien. In sommige steden lijmden mensen zichzelf nu op willekeurige drukke kruispunten vast om het verkeer lam te leggen. Op een dag zou een woedende automobilist gewoon doorrijden, dacht ik. We spraken over activisten die soep tegen schilderijen hadden gegooid en daar ook weer mee opgehouden waren. Over activisten die televisiestudio's binnendrongen om het nieuws stil te leggen. Is het een noodsituatie en is dit allemaal gerechtvaardigd? Daar hadden we het over. Marie vertelde over afgelopen zomer, toen ze bij Kristof en zijn vriendin en haar kinderen was in hun huis in Italië. In de verte was de hemel aan één stuk door bloedrood met zwarte randen van de bosbranden, rond hun huis hing een schroeilucht en in het dorp beneden was het water op rantsoen. Ze had het me al eerder verteld. En Kristof had het ook al verteld, en Bella, zijn vriendin, ook. Ze waren allemaal onder de indruk geweest van de situatie en niemand ontkwam aan de metafoor, aan het idee dat ze keken naar de voorafschaduwing van hoe het verhaal van onze wereld af zou lopen. Maar het was ook een verhaal geworden dat steeds uit de vergetelheid moest worden opgedregd terwijl het leven voortging. Dat was allemaal paradoxaal. 'Soms ben ik meer aan het nadenken over die paradox, wat dat betekent en hoe we daarmee om moeten gaan, dan over het feitelijke probleem,' zei Marie.

'En?'

'Ik weet niet.'

'Daar voel je je schuldig over,' gokte ik. Ik zag hoe haar ogen nat werden of misschien verbeeldde ik het me. 'En dan lijm je jezelf vast,' – ze zei niets – 'zodat je tenminste iets doet.'

'Zoiets ja. Misschien.'

'Pas je wel op?' Ik pakte haar hand en streelde met mijn vingertop over haar beschadigde handen.

'Op mezelf?'

'Graag.'

'Ik wel.'

'Het is juist goed als je je ook met de paradox blijft bezighouden, dat je die ziet, als je die niet meer ziet, heb je alleen nog maar gelijk in een dove wereld.' Ze knikte. Ze plukte aan haar trui en ze dronk van haar thee.

'Misschien,' zei ik, 'is het allemaal heel anders. Misschien proberen we deze dingen op de verkeerde manier te begrijpen. Misschien hebben we geen toegang tot het deel van ons dat voelt dat we één zijn met de wereld. Misschien,' zei ik, 'is de sleutel geen kennis maar liefde.'

Marie fronste haar hoge voorhoofd. 'Als individu kun je niets betekenen,' zei ze, 'als individu met een pot lijm beteken je niets.' Marie heeft een bijzonder gezicht. Het lijkt niet op het mijne. Ze heeft lichte ogen, een rechte smalle neus en een scherpe kin. En profil lijkt ze wel getekend door Jan Toorop, had Bee gezegd. Toen we een jaar samen waren kocht ze een litho voor me met drie figuren die allemaal familie leken van Marie.

'Bee nog gesproken?' Ik vroeg het gemaakt achteloos. Misschien hadden die twee wel voortdurend contact. Kende Marie die Stephanie allang, was er afstemming tussen iedereen over de vraag hoe met mij om te gaan.

'Nee, jij?'

Ik zei dat ik Bee inderdaad had gesprokenen en dat ze een nieuwe vriendin had. Marie keek als de laborant die ziet dat de muizen dood zijn. Je moet het weten maar je bent er niet blij mee. Ik zou niet vragen of ze dat al wist. Ik zou haar niet in een situatie brengen waarin ze moest liegen of zich verantwoorden over de waarheid.

'Laten we het niet over Bee hebben,' zei ze.

'Oké.' Het was een tijdje stil. We hielden elkaar in de gaten. Ik zag het woeden van gedachten achter haar ogen. We aten ons broodje op. We glimlachten naar elkaar. Ik vroeg me af of er iemand op deze wereld was bij wie ze zich helemaal op haar gemak voelde. Ik dacht dat dat voor haar misschien het meest haar vader was. Het speet me dat ze geen broer of zus had zoals ik. Iemand met wie het lot tot op een bepaald niveau en tot op een bepaalde leeftijd in de pas loopt. Het lot van je afkomst in elk geval, het lot dat je ouders zijn. We namen een espresso. Ik wilde niet opbreken voor zij het deed. Ik keek naar haar, naar haar donkere haar en dat witte gezicht. En buiten keek ik haar na en ik vond dat er een wolk van eenzaamheid om haar heen hing.

11

De rots niet, maar de branding

De studenten zaten stil en beleefd te luisteren naar mijn verhaal. Ik kalkte zo nu en dan iets op het digibord. Ik was zoals altijd verrast over mijn vermogen tot performance. Het was een aspect van mijn persoonlijkheid dat ik gewoonlijk verwaarloosde, ik dacht er niet aan, ik verlangde er niet naar het aan te spreken en ik gebruikte het niet als het niet noodzakelijk was. Ik vertelde bijvoorbeeld in een sociale context nooit een verhaal in een groep, maar voor dit gewillige publiek beleefde ik er tot mijn terugkerende verrassing plezier aan de boel meeslepend en aanschouwelijk te maken. De tijd vloog voorbij en ondanks mijn plezier wist ik dat ik de komende week weer veel tijd kwijt zou zijn met opzien tegen mijn onderwijsdagen, om er dan vervolgens als een veulen doorheen te huppelen. Ik vroeg me af of het opzien en de zwier op de een of andere manier met elkaar samenhingen. Ik ging aan het eind van de dag, opgeladen, eerlijk gezegd nogal vol van mezelf, nog heel even naar het lab om me te buigen over mijn kweekjes. Ik had het nog ongeïdentificeerde effect van mijn dierbare bacteriën op de cellen vervangen voor een waarheid waarvan ik veronderstelde dat ik die spoedig boven water zou hebben. Ik dacht erover de nieuwe inzichten te verwerken in een artikel dat ik low profile zou kunnen publiceren op een preprintserver, dat kostte niks, gaf meestal onmiddellijk enige reacties, collega's lazen het maar er zaten geen *peers* tussen tekst en publicatie. Ik herinner me dat ik als een mantra steeds maar prevelde: ik weet wat ik doe, ik weet dat ik het doe, ik weet wat ik aan het doen ben.

Ik was dagenlang redelijk gelukkig en dankzij de lepto's afgeleid van het liefdesverdriet dat zo vertraagd was ingedaald en de weken daarvoor steeds als een grauwe metgezel aanwezig was geweest. Ik werkte, ik fietste langs Louis, ik keek naar zijn ramen en soms ving ik een glimp van hem op. Ik dacht aan het laatste verhaal van Sicco en maakte een profiel aan op Tinder waarin ik uitreikte naar gegadigden van beiderlei kunne. Het overvloedige aanbod imponeerde en intimideerde me. Ik liet mijn telefoon dagenlang onaangeroerd. Toen ik hem weer uit mijn tas viste was dat om Ellie te bellen en haar te vragen met me te eten. Dat wilde ze en we zouden elkaar om zeven uur treffen. Het was donderdag, ik kon op weg naar haar misschien nog even langs Louis gaan, ik miste hem.

Mijn zusje werkt als ambtenaar bij Binnenlandse Zaken. Ze zegt altijd dat haar werk te maken heeft met veiligheid en dat ze er niets over kan zeggen. Ze is IT-specialist en ik neem aan dat ze voor de veiligheidsdienst werkt en daar programma's maakt die het internet kunnen afschuimen op zoek naar gevaar. Toen Bee een keer in mijn bijzijn met haar wilde praten over wat veiligheid betekent en wie dat bepaalt en of zij het altijd eens is met de definities en methoden, had ze met de vork met taart halverwege richting haar mond – het was mijn verjaardag – Bee aangekeken. Of misschien is dat niet helemaal het goede woord, ze keek haar niet aan, ze zat met die vork in de lucht Bee te bekijken, iets tussen interesse, verbazing en afkeer was op haar gezicht te lezen, voor de goede verstaander althans, voor mij. 'Wat zeg je?' vroeg ze en Bee begon doodgemoedereerd te herhalen wat ze gevraagd had. 'Nou,' zei Bee, met haar roodgeverfde mond, 'als je in dienst van het veiligheidsbeleid van de overheid werkt, moet je het dan eigenlijk met dat beleid eens zijn?'

'In grote lijnen wel,' zei mijn zuster na een korte stilte en daarna at ze haar taart op. Later vroeg Bee mij wat ze verkeerd gedaan had, en of Ellie altijd zoveel ongemak veroorzaakte.

Ik zei daarop dat Ellie niet goed was in smalltalk.

'Smalltalk? Smalltalk?' zei Bee toen met haar verontwaardiging in crescendo. 'Die vraag was toch de opmaat naar een potentieel diepzinnig gesprek!' Ik liet dat onweersproken.

'Ellie is nogal bèta,' zei ik misschien alleen nog. En misschien bromde Bee toen zoiets als *it runs in the family* of zoiets typisch Beeachtigs. Ik had er toen de woorden niet voor maar als het zich nu voor zou doen zou ik haar hebben gezegd dat haar nieuwsgierigheid iets bedreigends kan hebben voor mensen met een ingetogen natuur. De nieuwsgierigheid op zichzelf niet, maar de onverschrokken botheid waarmee zij aan haar potentieel diepzinnige gesprekken begon wel. 'Maar,' zou ze tegenwerpen – ik kan die dialoog ook zonder Bee wel voeren –, 'wat hebben we eraan als we elkaar geen vragen stellen, wat hebben we eraan als we elkaar niet het vuur aan de schenen leggen?' Tja. We hadden duidelijk een heel verschillende opvatting over hoe je met elkaar om moest gaan. Zo vond ze ook altijd dat ik het gesprek met haar niet op de juiste wijze voerde, ze wilde niet dat ik nadacht voor ik sprak, ze wilde niet dat ik de volgende dag pas antwoord gaf op een vraag; ze was ervan overtuigd dat een of andere dam in mij de vrije stroom blokkeerde en dat zij er daardoor bekaaid vanaf kwam. Ze begreep niet dat sommige mensen als ze hardop beginnen te denken dingen produceren waar ze het zelf niet eens mee eens zijn. Wie heeft daar nou wat aan? Ook de toehoorder niet! Soms dacht ik: denk jij zelf maar eens af en toe wat beter na voor je spreekt, want soms sprak Bee dingen uit waar ik dagen later nog steeds over nadacht maar zij direct na het uitspreken helemaal nooit meer. Maar meestal dacht ik helemaal niet dat zij iets verkeerd deed, ik dacht dat zij de norm was, dat zij de ideale mens was en ik de gemankeerde. Sinds we uit elkaar waren had ik daar geen last meer van, dat was er heerlijk aan, sinds we uit elkaar waren dacht ik nooit meer dat zij superieur was aan mij, sinds ik niet meer van haar afhankelijk was hoefde ik die kanten in haar niet langer te bewonderen.

Het was een uur of zes toen ik naar binnen ging bij Louis. Ik was er zo op gaan vertrouwen dat hij op donderdag niet thuis was, dat ik al in de keuken stond, toen ik hem en Eva Wilterdink de trap af hoorde komen. Godzijdank kende ik het huis en de geluiden in het huis en de hoeken van in- en uitval. Ik glipte net op tijd, voor zij de draai in de trap bereikten, de gang op en daar de wc in en liet de deur, die klemde, open, en hoopte in godsnaam dat ze op weg waren naar buiten en dat er niet iemand moest plassen. Laten we gaan lopen, hoorde ik Louis zeggen. Mijn hart klopte hevig en mijn benen trilden. Eva vroeg of dat niet te ver was, en Louis zei dat het een mooie wandeling was, van hooguit drie kwartier. Zijn stem was heel mooi, accentloos, met een subtiele rasp erin, zij had een hoge melodieuze stem die me meteen tegenstond. Wacht, hoorde ik hem zeggen, nu vergeet ik dat pakje, en ik hoorde hem de trap oprennen en ik hoorde Eva niet, terwijl ze vlakbij was, dat wist ik wel, want ik had haar hakken op de plavuizen gehoord, dus ze stond in de gang en de deur die mij uit haar zicht hield stond op een kier, we waren hooguit een meter van elkaar verwijderd, als ik niet zo bevangen was zou ik haar adem hebben kunnen horen. Ik stelde me voor hoe ze me zou ontdekken, en met die stem van haar zou gillen en hoe ik even later gearresteerd zou worden en geboeid zou worden afgevoerd. Louis kwam weer naar beneden en in de gang trok hij zijn jas aan en sprak hij tegen haar over ene Edward, dat het een heel conservatieve man was, dat zei hij, en over Nathalie, die hij nog nooit had gezien, maar over wie hij gehoord had dat ze als twee druppels water op Edwards eerste echtgenote leek. Ik begon licht in mijn hoofd te worden van de spanning. Door de kier zag ik dat Eva iets groens droeg, ik kon zelfs de structuur van het weefsel zien. Ik spande mijn spieren als om te kunnen springen toen ineens één van hen de wc-deur dichtduwde. Kort daarop hoorde ik de voordeur opengaan en verplaatsten hun stemmen zich naar buiten. En daarna duwde een van hen de voordeur zachtjes in het slot. Stilte. Ik ging op de wc-pot zitten. Ik haalde adem. Louis en Eva gingen eten bij Edward en Nathalie. Na een paar minuten verliet ik de wc. Ik dronk het restje witte wijn uit een fles in de koelkast op om te kalmeren. De lege fles legde ik terug. Ik schreef in de kantlijn van de krant die er nog ongelezen uitzag, heel klein, met de balpen uit mijn tas: *Wees vrij!* en ik verliet het huis, nog onvast op de benen.

Ik haalde Ellie thuis op. Ze zat in haar haast lege, lichte kamer op haar beveiligde computer haar geheime werk te doen. Hoe wij aan onze bètahoofden komen is een raadsel, onze moeder was administratief medewerker op een distributiekantoor en in haar vrije tijd las ze driestuiverromans en onze vader was arbeidsongeschikt en niet in staat tot logisch nadenken. Ellie was een moeilijk kind, introvert en angstig. Onze moeder was aanhoudend bang geweest dat ze de depressieve inslag van onze vader had geërfd, en dat had onze moeder hard in plaats van zacht gemaakt. Ellie kreeg veel op haar kop, ook als ze stuurs of stil was. Als ze huilde, dan zag ik vrees en afschuw op het gezicht van onze moeder. Ze werd in de gaten gehouden alsof ze anders van het dak zou springen, en waarschijnlijk sterkt zo'n cipiersblik van je moeder je vooral in de gedachte dat het leven gevaarlijk is en jijzelf een risico bent voor anderen, voor haar. Tot mijn twaalfde sliep ze bij mij in bed. Ik las haar voor bij het licht van de zaklamp en als ze sliep las ik verder in een ander boek en als ze eng droomde hield ik haar vast. Soms werd ze niet eens wakker. Maar wel rustig.

Haar man heet Sjoerd. Hij is vertaler en hij is de enige die Ellie niet afkort. Hij liet me hun rood geplaveide hal binnen. Hij deed de hele agenda voor ons korte gesprek in één keer: 'Eleonora zit nog te werken. Hoe gaat het met jou? Met je onderzoek? Met Marie?' Hij is aardig, maar hij is geen prater. Hij kan geweldig stil zijn samen met mijn zusje. Ik gaf op alle dingen een beknopt en helder antwoord, dat geen verdere vragen opriep, kort gezegd kwam het erop neer dat het met mij, met mijn onderzoek en met Marie allemaal erg goed ging. En met jou? Met hem ook. Hij vertaalde een filosofisch werk. 'Erg moeilijk. Soms wou ik dat ik in plaats van Duits Engels had gestudeerd. Die lui proberen hun gedachten in elk geval over te brengen in plaats van te verstoppen.'

Ik ging naar boven, ik opende de deur van Ellies werkkamer en bekeek haar schuin van achteren, haar smalle nek met het korte haar. De noisecancelling-koptelefoon op haar oren. Kijken naar haar zonder dat zij me nog opmerkte kreeg natuurlijk verband met het voorgaande. Ik voelde mijn hart even versnellen toen ik aan Louis en Eva dacht en toen keek ik weer naar mijn zusje. Ze lijkt op onze vader maar ze is inmiddels bijna tien jaar ouder dan hij geworden is. Hij was nooit toegekomen aan grijs in het dikke donkere haar. Ellie lijkt uiterlijk op hem, meer dan wat betreft haar karakter. Of misschien is het voor ons ook helemaal niet te zeggen hoe het verder precies zit met de gelijkenis, wij waren kinderen toen hij doodging en kinderen kijken niet naar hun ouders om te zien wat voor mensen het zijn. Wij hielden hem vooral in de gaten om te zien of hij niet te ongelukkig was, zoals we mijn moeder in de gaten hielden om te voorspellen wanneer ze boos zou worden. Wij hielden van onze vader en we hielden zelfs extra veel van hem om de liefde die onze moeder hem besloot te onthouden te compenseren. Soms spraken we over hem in bed. Wat zou papa nu doen, vroeg Ellie. Hij kijkt zijn lievelingsfilm, zei ik, en hij eet zijn lievelingschocolade, en hij mist ons. Ja, zei Ellie dan, hij mist ons verschrikkelijk. En als hij mama belt om dat te zeggen dan neemt ze niet op. Dus vertelt hij het aan Schildpad (dat was zijn kat). En dan luistert Schildpad naar hem en dan is hij niet alleen. 'Zo is het,' zei ik en ik las verder voor uit *Triomf van de verschroeide aarde*. We vonden het vreselijk dat onze moeder ons niet toestond meer tijd met hem door te brengen. Soms zeiden we dat we liever bij hem wilden wonen. En dan verkrampte haar gezicht en zei ze: 'Je moest eens weten', of zoiets, om ons duidelijk te maken dat we geen idee hadden, dat wij als kinderen slechts in een scherf van de werkelijke wereld leefden. Toen we ouder werden gingen we allebei op enig moment wel op zoek naar de man en wie hij geweest was, maar de voornaamste bron, Kitty, onze moeder, was een volkomen onbetrouwbare informant. Ze vertelde summier over zijn gekte en zijn depressies, over zijn woede en eenzaamheid. Ze vertelde over hem alsof hij nooit de man was geweest waarop ze ooit verliefd geworden was. Alsof de man die taart met ons bakte en ons de filmgeschiedenis opdiende niet bestond. Toen ik dat eens zei vond zij het maar naïef dat ik dacht dat ze verliefd op hem was geweest. Misschien heb ik haar toen een verrader genoemd. In elk geval wilde ze er met mij daarna niet meer over praten. Haar angst dat Ellie net zo weinig tegen het leven en de wereld opgewassen was als hij kwam niet uit. Ellie kan erg in zichzelf gekeerd zijn maar er is geen sprake van mentale wanorde zoals waar onze vader aan ten prooi gevallen was en ze heeft een leven ingericht waarin ze past, geen kinderen, haar solitaire werk, en een man die evenveel van de stilte houdt als zij.

Ik herinner me de tijd voordat onze ouders gingen scheiden. In de tuin waar mijn vader de ene slappe zelfgedraaide sigaret na de andere opstak maakten ze ruzie. Ze dachten dat wij het dan niet zouden horen. Ellie hoorde het inderdaad niet, zij zette de koptelefoon op en deed haar walkman aan zodra ze begonnen, maar ik luisterde ze af, naast de keukendeur, zittend op de grond met mijn rug tegen de muur, terwijl hun stemmen door het kattenluik naar binnen kwamen, of in mijn kamer boven de tuin, naast de gordijnen waar ik onzichtbaar was maar hen kon zien. Mijn vader zei dat hij zich van kant zou maken als mijn moeder bij hem wegging, of hij zei dat hij zou veranderen en dat hij er alles voor over had als ze niet bij hem wegging. Mijn moeder stampvoette van machteloze woede. Mijn vader stond met zijn hoofd hangend en zijn armen langs zijn lichaam, met tussen zijn vingers of tussen zijn dunne lippen de brandende peuk, terwijl mijn moeder op hem inpraatte of tegen hem schreeuwde. Zij zei dat ze er niets aan kon doen dat hij zichzelf kapotmaakte maar dat ze zichzelf en haar kinderen tegen dat geweld zou beschermen. Ik vond het wreed van mijn moeder dat ze zo boos was op mijn weerloze vader. Heel soms verhief hij ook zijn stem. Dan zei hij dat zij een egoïst was die alleen maar aan zichzelf dacht. Soms eindigden hun onderonsjes in de achtertuin in een omhelzing, maar vaker in een brakke stilte, waarin hij wegging, waarna mijn moeder stijf aan de keukentafel zat, haar geest elders, haar lichaam ontoegankelijk en onbereikbaar. Later dacht ik te begrijpen dat de verharding die in haar had plaatsgevonden voor haar noodzakelijk was, dat het een harnas was tegen de smeekbedes van mijn vader, dat zij zich door liefde, of schuldgevoel, of Florence Nightingale-achtige neigingen veel te diep in het moeras van mijn vaders ziekte had laten trekken en dat het een enorme wilskracht en hardheid vereiste om zich daar ongevoelig voor te maken. Ik was dertien en Ellie twaalf toen hij doodging en ik zei mijn moeder dat ik wat de rouw betreft graag de omgangsregeling wilde blijven volgen, zodat zij er niets mee te maken had. Ik liet haar niets zien van mijn verdriet, ik vond dat ze er geen recht op had, ik reserveerde het voor de dagen dat ik hem gezien zou hebben, voor 's nachts met Ellie. Ik had haar niet zo lang daarvoor uit mijn bed verbannen omdat ik alleen wilde zijn met mijn lichaam terwijl ik me voorstelde dat ik met Jeroen uit mijn klas tongzoende, en zij sliep aan de andere kant van de zolder die we deelden. Maar in de periode na de dood van onze vader sliep Ellie op de dagen dat we anders bij hem waren geweest weer bij mij.

Ik had gereserveerd in de zaak waar ik Louis voor het eerst gezien had. Ellie droeg een bloesje met vogels erop. We spraken niet over Felix en Kitty. Ik vertelde over mijn werk. We spraken over haar man, en over Bee. Ik vertelde over Stephanie en Ellie keek naar me zoals alleen zij dat kan, alsof ze mijn verdriet ziet, alsof zij het beter ziet dan ik het voel, maar zonder iets te doen, ze troost me niet, ze kijkt en ik weet dan dat ik niet helemaal alleen ben. Intussen dacht ik ook aan Louis en Eva, en ik kreeg het belachelijke idee me later die avond in de kast in zijn slaapkamer te verschuilen. Het was een diepe kast en tussen de kast en zijn bed was een halfhoge muur. Ik zou me er gemakkelijk onzichtbaar kunnen houden. Ik zou naar ze luisteren terwijl ze hun kleren uittrokken en de avond bespraken. Ze zouden Edward en zijn Nathalie doornemen en Louis zou misschien zeggen dat het hem bevreemdde hoe Edward met een kopie van zijn eerste vrouw in zijn tweede huwelijk was gestapt en daarmee de boel weliswaar wat frisheid had gegeven maar toch per saldo geen steek verder was gekomen. En Eva zou hem tegenspreken en zeggen dat ze hen er gelukkig uit vond zien. Louis zou opmerken dat hij er niet in geloofde, in opnieuw trouwen, dat één huwelijk genoeg was en dat je daarna op zoek moest naar de betere vorm. Eva zou zeggen dat hij, Louis, zich niet zou moeten verzetten tegen het onvermijdelijke, het mooie en het goede. De liefde, het leven delen, de mooie dingen, samen oud worden, in de gebondenheid ontspanning vinden. Rust is belangrijker dan vrijheid, zou ze zeggen. En Louis zou zeggen dat hij niet meer wist of vrijheid nou iets was om te koesteren of juist te verliezen, maar dat hij het fijn vond vanavond door Eva te worden bezeten. En Eva zou een tikkeltje terughoudender worden want die wilde, net zoals Lily Blaauw, de sterke mannelijke liefde, de vaderlijke liefde, die haar beschermde, of besprong, al naargelang het moment, en daar paste die wens van hem om soms wel maar tegelijk ook niet echt gevangengenomen te worden niet in. Zij beschouwde het huwelijk, het samenzijn, het hele concept bovendien niet als gevangennemen, dat was negatief, zij was positief, ze vond dat Louis alles nodeloos verzwaarde. En ik zou naar hen luisteren terwijl dit onderwerp na een tijdje verstomde. Er zou een ander register worden bespeeld. Hij zou wat zeggen over hoe mooi ze was en zij zou hem wat uitdagen op dat gebied en hij zou de hele act opvoeren die bij haar verwachtingen paste. Ik zou horen hoe hij de juiste initiatieven nam en hoe ze met elkaar begonnen te vrijen. Ik zou hun adem, hun zuchten, hun geluiden horen, ik zou me storen aan haar hoge stemmetje. Voordat ze in slaap zouden vallen zou Louis zeggen, met een stem omfloerst al door de slaap die hem besloop: ik ben niet goed voor je. Jij wil een rots in de branding en ik kan die rots niet voor je zijn. En zij zou zijn voorbehoud, zijn vrees, zijn hartenkreet wegwuiven en zeggen: jawel hoor lieverd, dat kun je wel. En: maak je geen zorgen. Ik zou naar hun ademhaling luisteren als ze sliepen en dan na verloop van tijd zou ik uit mijn schuilplaats komen en naar hun slapende lichamen kijken. Ik bestudeerde dan het slapende gezicht van Louis en het slapende gezicht van Eva omlijst door die lange blonde haren van haar, waarachter haar klassieke opvattingen over de liefde de mal vormden waar ze Louis in wilde persen. Ik zou nadat ik me verzadigd had aan hun aanblik de trappen afdalen en stilletjes het huis verlaten en de nacht in lopen. En in die nacht zou ik zo onmetelijk gelukkig zijn. Ik zou me dicht bij Louis voelen, ik zou haast kunnen voelen hoe het was om hem te zijn. Ik zou verlangen naar hem op een manier die geen inlossing zou vragen, een verlangen dat gewoon in mij bestond, en mij met hem verbond. Ik zou me vrij voelen. Ik zou weten waar hij was en in welke val hij liep. En op een dag zou ik hem komen redden. Dan zou ik hem losmaken uit haar omhelzing, hem voorzichtig uit de knoop halen, en zeggen: Luister. Ik wil de rots niet, maar de branding. Ik ben een schip in beweging; voor mij is juist een rots een levensgroot gevaar.

En nu doe ik het voorkomen alsof ik me dat verschuilen in de kast alleen heb voorgesteld. Maar dat is niet zo. Ik heb me die avond, na het diner met mijn zusje, daadwerkelijk op de tweede verdieping van het Oostergrachtje nummer vier in de klerenkast verstopt. Ik heb ze horen thuiskomen, ik heb ze horen praten, ik heb gehoord hoe ze de liefde met elkaar bedreven. Ik heb alles echt gehoord, ik heb alleen niet gekeken naar hun slapende gezichten, dat durfde ik niet. Ik sloop zodra ik de kast uit gekropen was, laag, aan eventueel zicht onttrokken door het muurtje, meteen de trap af naar beneden. Ik heb buiten door de straten door de nacht gelopen, heel lang, tot het licht werd, heel vrij, *freischwebend*, en gelukkig.

12

Een voorschot op een uitkomst

Ik ging biologie studeren omdat ik uitgeloot was voor geneeskunde. Nee, herstel: ik ging biologie studeren omdat ik altijd al, als kind al, gefascineerd was door de natuur en het leven. Ik keek naar de pissebedden onder de stenen, stampte regenwormen uit de grond om mee te vissen, bekeek de vlinders op de bloemen en bestudeerde de struiken in de tuin van mijn moeder als ik met een bakje naar buiten werd gestuurd om kruisbessen te plukken. Het werd de microbiologie omdat ik gegrepen was door het leven op het kleinste niveau. En ik bleek te houden van het onderzoek, van het laboratorium, van de uitsneden van de werkelijkheid zoals die voor me lagen uitgestald, van de blik op het krioelende willen dat het leven is. Ik voelde me nergens zo fijn als met het kijkglas tussen mij en de dingen. Ik hield van de bacteriën en hun effecten en van het virus en zijn grandioze levenslust. Ik hield van de mensen en wilde hun levens verbeteren, hun kankers genezen en hun veroudering vertragen, ik wilde de bacteriën leren kennen en de coronamutaties in virussen te lijf gaan. En tegelijk maakte al die kennis, en al het besef van de gaten in onze kennis, al die schitterende complexiteit, me nederig. IJverig en nederig.

Ik diste het hele leuterpraatje op voor een student van het faculteitsblad en deed alsof het geen aaneenschakeling van toevalligheden was, alsof het allemaal logisch uit elkaar voortvloeide, alsof een leven en een carrière een ketting van causale verbanden was. Alsof een mens haar fascinaties koos in plaats van andersom. Ik zei ook dat een wetenschappelijke carrière en het moederschap elkaar op geen enkel moment in mijn leven hadden belemmerd, ik deed het voor de goede zaak, ik zei dat het één juist het ander beter had gemaakt. Gelukkig vroeg ze niet hoe ik dat precies bedoelde. Ik stelde me voor dat Louis Kosta het zou lezen. Ik was bescheiden over mijn doorbraak van vijftien jaar geleden, over mijn proefschrift dat de voorzet was geweest voor verbetering van het griepvaccin. Niemand wist dat ik destijds wat vrij was omgegaan met de controles, een noodgreep waar je als creatieve wetenschapper heel af en toe je toevlucht toe moet nemen. Doordat ik destijds mijn voorbarige bewering deed, leverden controleonderzoeken overal op de wereld het bewijs dat ik zelf niet voor elkaar gekregen had. Het bewijs van mijn gelijk. Als ik zeg dat niemand dat weet bedoel ik ook niemand. Het is alleen maar door de situatie nu dat ik er zelf aan denk. Omdat mijn kleine stap vooruit uiteindelijk door de waarheid werd gesecondeerd, zoals ik het noem, is het geen fraude met data – wel met de methode – maar feitelijk alleen wat schuifwerk in de volgorde geweest.

Het meisje dat me interviewde was van dezelfde leeftijd als mijn dochter en ook zij had de onweerstaanbare volwassenheid die Marie en haar vrienden hebben en die ik en mijn leeftijdsgenoten destijds volgens mij volkomen ontbeerden. Ik voelde me volwassen toen ik twintig was, maar vergeleken met hen was ik een kind dat een act opvoerde. Zij zijn zo slim en ontwikkeld en beleefd. Ze hebben helemaal niet de verlegenheid die ik ten opzichte van veel oudere mensen had en die vermengd was met een zekere desinteresse die weer het gevolg was van een enorme focus op mezelf. Je leest vaak dat jonge mensen verwend zijn, maar ik vind de jonge mensen die ik tegenkom vaak juist geweldig, een echte belofte voor de toekomst. Dit meisje studeerde theoretische natuurkunde maar van de nerdy wereldvreemdheid die daar vroeger bij hoorde merkte ik niks, of ze moet die hebben aangewend om zich systematisch alle sociale vaardigheden eigen te maken die er bestonden. Ze bedankte me uitvoerig maar niet overdreven en beloofde me de tekst nog even toe te zenden vooraf. Ze ging weg en ik werkte weer aan mijn artikel met dezelfde bravoure als destijds bij mijn proefschrift. Ik schreef een verklaring voor mezelf of eventuele criticasters in een later stadium waarin ik uitlegde dat ook in een subsidieaanvraag een zekere mate van bluf was toegestaan, om aan geld te komen moest je immers bepaalde resultaten beloven die je pas echt kon leveren als je het geld gekregen had. Eerlijk zou het zijn te zeggen: geen idee, A of B, of misschien zelfs wel C, geef me het geld dan zoek ik het uit. In het geval waarin ik nu verwikkeld was, dat afhankelijk was van beoordelaars die er naar mijn idee met de verkeerde blik naar hadden gekeken, had ik wat extra gewicht aan de blufkant nodig. Zo zag ik het eigenlijk. Mijn artikel zou een fase op weg naar financiering zijn en geen uitkomst; ik kon immers geen echte uitkomst leveren zonder financiering. Je zou het het flatteringsrecht van de wetenschapper kunnen noemen. Als het systeem, dat bedoeld is om je hooggestemde wetenschappelijke idealen te dienen, je dwarsboomt in plaats van je helpt, dan moet je er op zo'n manier doorheen laveren dat je de achterliggende doelen van het systeem (wetenschappelijke waarheidsvinding) zo goed mogelijk dient. Het was heel tegenstrijdig allemaal, of je zou ook kunnen zeggen dat het allemaal heel logisch en eenvoudig was. Ik stond op het punt een klein voorschot te nemen op de uitkomst. Ik wist de hele tijd precies wat ik deed.

Een paar dagen na het nachtelijke moment in de kast heb ik Louis gevolgd en ben ik hem opnieuw zeer nabijgekomen. Eerst hoorde ik hem pianospelen door het open raam. Ik luisterde tot hij ophield en liep toen door naar de brug vanwaar ik het huis in de gaten hield. Toen hij plotseling naar buiten kwam werd ik weer getroffen door zijn schoonheid. Zijn bewegingen waren sierlijk en ingetogen tegelijk. Zijn donkere haar omlijnde een fijn gezicht. Ik was hem eerst aan de andere kant van het water gevolgd. Hij liep nogal snel. Toen hij de ijzerwinkel in ging, dezelfde ijzerwinkel waar ik zijn sleutel had laten dupliceren, had ik de kans om via de brug iets verderop aan dezelfde kant van de gracht uit te komen. Zijn handen, die kende ik nog niet, zijn vingers, ik wilde zijn vingers zien. Uiteindelijk ging ik ook naar binnen. Ik had immers dringend schroeven nodig. In die winkel stond ik vlak bij hem, met in onze jaszakken sleutels van dezelfde deur, en ik luisterde naar zijn stem die een handgreep van een bepaalde afmeting bestelde. Hij gaf zijn telefoonnummer, voor als de handgreep binnen was. Ik probeerde het te onthouden. Ik onthield het. Uit mijn ooghoek probeerde ik zijn handen te zien, de handen waarmee hij pianospeelde, waarmee hij zijn kleding openknoopte, bladzijden omsloeg, die vrouw aanraakte. ‘Kan ik u helpen?’ de stem van de ijzerman – en het geluid van de deur. Ik vrees van niet, had ik gezegd en ik was snel de zaak uitgelopen de straat op, waar Louis Kosta juist de hoek om was geslagen, ik zag bij wijze van spreken nog net zijn fladderende jaspanden.

13

Luis

Een wolkenlucht als een schuimende zee trok aan de ramen voorbij. Donkergrijze strepen in een vieze lichtgrijze lucht. Ik was eindelijk begonnen de gaten die Bee had achtergelaten te vullen door te schuiven met spullen. De tak van de boom voor mijn huis veegde langs het vensterglas. Die moet eraf, bedacht ik, moest ik dat zelf doen of kon ik de gemeente ervoor bellen? Alle lampen waren aan en ik stelde me voor dat mijn kamer hier, op één hoog, op deze gure avond als een baken in de schemering was voor de voetgangers beneden op straat. Ik had maandenlang, als ik hier thuis was, in de lelijke stoel bij het raam gezeten, staand aan het aanrecht gegeten en de krant gelezen, en de enige beddenlakens die ik had op de radiatoren laten drogen zodat de ramen besloegen maar ik ze dezelfde dag weer op het bed kon leggen. Ik had het huis niet bewoond zoals je een huis bewoont als je het samen doet; ik had de ogen van de ander niet bij me gehad, ik had de regels niet in acht genomen, ik had geleefd zoals in de andere episodes in mijn leven, toen ik alleen woonde. Ik vroeg me af of een breuk eenvoudiger was voor degene die verliet, als je ging in plaats van dat je werd achtergelaten. Je verliet dan je thuis tegelijk met je huis. Maar toch dacht ik dat het minder zwaar valt je ontheemd te voelen in je eigen huis dan in logeerkamers van vrienden. Zo mijmerde ik over de geografische verbeelding van de psychologische situatie terwijl ik mijn nieuwe lakens van Egyptisch katoen waste, met de meubels schoof en de hiaten in de boekenkast vulde met boeken uit andere kamers. Ik had een buitensporige bos bloemen gekocht, en ik draaide muziek die me met mijn vroegere zelf verbond, van David Bowie tot Donna Summer tot The Cure, en toen het schuiven klaar was lag ik op mijn rug onder de lamp op het nieuwe bruinrode kleed met Purcell op de speakers – de cd die ik even van Louis had geleend.

Toen onze moeder dood was, moesten Ellie en ik haar appartement leeghalen. We zaten lang aan haar tafel moed te verzamelen. Uiteindelijk hebben we een opkoper gebeld en gingen we op de dag dat die kwam zelf in het café zitten. Met koffie, toen met tosti's en later met bier. De opkoper had alles geregeld, de waarde van de spullen was hetzelfde als de kosten van zijn inspanningen zei hij en we vonden het allang best. Hij had voor ons een paar dozen met persoonlijke bezittingen, fotoboeken, brieven, weet ik wat nog meer, achtergelaten. Ellie zou ze meenemen en op haar zolder zetten. Is het niet triest, zei Ellie, in de lege woonkamer, met onze rug tegen de muur, met onze uit het café meegenomen Duvels, dat dit het is, dat dit is wat er overblijft van een leven? Nee, zei ik, wat triest is, is het leven dat ze had, het leven dat haar leven was geworden. Denk je ook dat toen ze onze vader uit haar systeem moest snijden, ze wat te veel liefde uit zich heeft verwijderd? Zoals chemotherapie bij het doden van de kankercellen ook allerlei gezonde cellen meesleurt in de vernietiging. Ellie schudde heel lang haar hoofd. Onze moeder, zei ze, onze moeder was een hele... ze was lang stil, misschien wist ze niet meer wat ze wilde zeggen, misschien wist ze niet meer wat voor vrouw onze moeder was. Onze moeder, begon ze opnieuw, onze moeder was een hele... Eenzame, dacht ik, ze gaat eenzame zeggen, en toen ze nog langer stil was dacht ik achtereenvolgens: stille, teleurgestelde, moeilijke, beschadigde, ongelukkige. Een hele boze vrouw, zei ze toen.

Ik maakte een fles wijn open, ik overwoog de aankoop van een Chinees theeservies en een gevoerde kamerjas. Ik pakte mijn telefoon en opende Tinder. Ik gebruikte de app inmiddels met enige regelmaat en had de afgelopen weken een paar maal afgesproken met een man die David heette en ik was ook een keer in zijn appartement gaan eten en daarna met hem naar bed gegaan. Terwijl hij mijn gezicht aanraakte zei hij dat de meeste vrouwen van mijn leeftijd die hij kende fillers hadden omdat ze zichzelf anders niet meer herkenden. Hij vroeg me of ik daar soms tegen was. Zijn appartement voor door de week, vanwege zijn werk hier in deze stad, was sober ingericht. In het weekend was hij in Blaricum. Ik nam aan dat daar een vrijstaand huis was met een gazon eromheen en daarin een vrouw die kon tennissen en een hond en een paar kinderen die even blond waren als hijzelf. Ik vroeg er niet naar, het maakte me niet uit. Volgens mijn vrouwelijke collega's was Tinder vergeven van de gebonden mannen.

Ik dronk de wijn en keek naar de regen en de zwiepende takken, naar de lucht die donker werd en de kleur uit de wereld trok. Van Kristof had ik gehoord dat Marie een vriendje had. Waarom wist hij zoiets wel en ik niet?

Ik maakte de balans op. Ik was met de bacteriën richting een doorbraak opgeschoven. Ik was erg gelukkig met mijn nieuwe vloerkleed. Ik was niet jong en ook niet oud. Ik voelde me door niets beperkt, al was de begeerte die ik had ontwikkeld voor de man die niet wist dat ik hem kende wel iets wat me stevig in de greep hield. Ik dacht na over de manier waarop de omstandigheden van invloed zijn op mijn focus. Als ik al mijn professionele hoogtepunten en mijn persoonlijke momenten van inzicht op een rij zette waren de omstandigheden steeds een gevangenis geweest waarbinnen mijn geest de vrijheid had gevonden. Was het gevoel van beperkt zijn door factoren buiten mezelf een stimulans of zelfs een voorwaarde voor de noodzaak om na te denken, verder te denken, dieper te denken, in mijn gedachten vrij te zijn? Als ik dat zou geloven dan zou geluk voor mij een vijand kunnen zijn van de scherpzinnigheid. Maar, ging ik verder, als ik dat dacht dan zou geluk gedefinieerd zijn als een stille toestand. En geluk was ook in de greep zijn van iets, was voortgedreven worden door nieuwsgierigheid, begeerte, zucht tot weten, kennen en beheersen. Ik voelde me gretig en onoverwinnelijk die avond. Ik voelde me sterk en leeg op een uitnodigende manier, leeg om gevuld te willen raken. Ik voelde me alsof er veel in mij te storten was. Ik was er klaar voor. Waarvoor? Overal voor. Die avond gebeurde er een klein wonder, ik vond Louis Kosta op Tinder, Luis heette hij daar, en ik swipete hem naar rechts.

14

Torretje onder mijn loep

'Voor mij was het onweerstaanbaar. En het was natuurlijk ook de manier waarop ik was opgevoed, en ik heb me in die tijd nooit toegestaan om er anders over te denken, zo ging het nu eenmaal. Maar los van de norm en de maatschappij en mijn ouders en mijn opvoeding leek het huwelijk me ook een prettige vorm van volwassenheid, ik had een groot verlangen om alles te delen, samen één te worden, een paar te zijn in de wereld. Ik was als kind nogal eenzaam geweest, ik wilde als volwassene... Ik dacht dat het huwelijk... ik dacht dat het een schild zou zijn tegen de eenzaamheid. En Lily was... nou... we hadden een vergelijkbare achtergrond en ons er op een vergelijkbare manier aan ontworsteld, aan de kerk, aan de strengheid, en we waren er op een vergelijkbare manier niet geheel vrij van. We waren tamelijk... ernstig. Van nature. En uit gewoonte. En Lily was mooi en intelligent. En lief ook. Dacht ik. Dus.'

Ik stond in zijn keuken, ik roerde in een kleine koekenpan. Olie, knoflook, peper, ansjovis, daar kon ik mijn gedachten net bij houden. In de andere pan stak hij nu een bos spaghetti die hij vast bleef houden terwijl het deeg zacht werd en het hete water in zakte, en pas op het laatste moment liet hij los.

'Lily,' zei ik, alsof ik die naam voor het eerst hoorde. 'Lily en Louis.'

'*Lily of the valley*. Een plant met een kruipende wortelstok.'

'Heb je verstand van planten?' vroeg ik.

'Nee, maar die kruipende wortelstok!' Hij keek me veelbetekenend aan. 'Er kroop van alles onder de oppervlakte. Zij verlangde naar dingen die ik niet in huis had. En ook ik verlangde naar... dingen, andere dingen... en ik probeerde dat verlangen in mezelf te vernietigen.'

Uit zijn koelkast haalde ik een bosje peterselie, ik wist dat dat er was, tegen de rand van de verlepping aan. Ik legde het bosje op een plank, haalde de snotterige blaadjes eruit en begon de rest met een groot mes klein te hakken. Ik zag hoe hij keek naar hoe ik thuis was in zijn keuken, wellicht denkend dat ik iemand was die onmiddellijk thuis was in andermans keukens, zoals een kraamhulp, dat is althans het verbluffendste voorbeeld dat ik op huishoudelijk gebied heb gezien, zo'n vrouw weet alles in jouw huis meteen en beter dan jij. Zo ben ik helemaal niet, maar omdat ik mijn voorsprong niet kon onthullen leek ik waarschijnlijk een mirakel.

Verlangen dat ik in mezelf wilde vernietigen, had hij gezegd. Ik herhaalde zijn woorden zachtjes. Het was laat, we hadden elkaar in een café ontmoet en toen hadden we door de stad gelopen, pratend, niet beschikbaar voor honger of solide planvorming, niet in staat een einde of een wending aan de avond te bedenken, en uiteindelijk vroeg hij me mee naar zijn huis te komen en besloten we daar met wat er was een maaltijd te maken.

'We kregen een kind, een jongen, we noemden hem Arthur. Zij wilde er meer en ik niet, we lieten het op zijn beloop en er kwam geen kind bij. Ik schreef een boek over middeleeuwse krijgskunst. En daarna een over twintigste-eeuwse oorlogsvoering. Ik heb geen idee waarom ik me in wapentuig en gevechtshandelingen specialiseerde. Ik hield er na die twee boeken ook mee op. Ik gaf geschiedenis op een middelbare school en zat in allerlei besturen en werkte een dag in de week voor een kunstfonds. Ik speelde piano. Ik was in veel dingen goed en blonk nergens in uit, ik heb nooit echt een helder idee gehad van wie ik was of wat ik wilde. Ik vertaalde het werk van een veertiende-eeuwse dichter waar niemand ooit van had of heeft gehoord, het was een zuiver particuliere interesse. Niemand wilde het uitgeven ook. Het deerde me niet. Ik bewoog me gemakkelijk door de wereld en beet me nergens in vast. Ik erfde op een zeker moment een bedrag waarvan ik niet wist dat mijn ouders het bezaten, ze hadden juist altijd heel sober geleefd. Ik was vrij. Financieel dan...' Hij was een tijdje stil. Hij keek me niet aan. Hij haalde een stuk Parmezaanse kaas en een rasp tevoorschijn. 'Elk huwelijk is een groot geheim voor iedereen die erbuiten staat, en soms ook voor wie er middenin zit. Het is een heel eigen wereld. Met een heel eigen atmosfeer. Lily werkte op een reclamebureau. Ze is een goeie copywriter. Ze had een eigen leven en we hadden een gedeeld leven. We hadden onze gezamenlijke hobby's en bezigheden. We deden een cursus dit of dat samen en we tennisten en fietsten en we hadden ons kind en we hadden onze geheimen. Onze geheime verlangens en ons schuldgevoel daarover. Ik zeg wel dat we dat allebei hadden, maar ik weet niet of zij het ook had, of zij het had zoals ik het had. Je weet niet wat je niet weet.'

'Geheime verlangens. Verlangens die ik in mezelf probeerde te vernietigen,' zei ik weer zachtjes, heel zachtjes, misschien hoorde Louis het niet, maar ik zei het hardop om het niet te vergeten.

'Later raakten we elkaar helemaal kwijt, we bewogen ons aan weerszijden van een brede rivier in dezelfde richting, speurend naar een brug. Er was geen brug.' Hij roerde door de pasta, ik zag zijn brillenglazen beslaan. 'Dat wij niet als koppel overleefden gaf me een verstoorde kijk op onze relatie, ik kreeg het gevoel dat de uitkomst van ons huwelijk er vanaf het begin al in gezeten had, als een giftige stof die onschuldig is tot er een bepaalde graad van verhitting wordt bereikt, of als er zuurstof aan wordt toegevoegd.' Ik nam aan dat hij de chemische vergelijking speciaal voor mij gemaakt had. Ik had hem niet veel verteld, maar wel dat ik microbioloog was. Hij draaide zich om en met zijn handen op het aanrecht en zijn bril wat naar beneden geschoven keek hij naar me.

'Wat vertel ik je allemaal?' vroeg hij. 'Op een eerste afspraakje!'

Ik legde mijn hand op zijn hand.

'Je moet juist alles tegen me zeggen,' zei ik. 'Ik ben een onderzoeker.' En hij zei: 'O ja? En ben ik dan het torretje onder de microscoop?' Die man wilde geen rots zijn in Eva's branding maar een diertje onder mijn kijkglas. Mijn hand lag nog op de zijne en er ging een enorme warmte vanuit. Zie je wel, dacht ik, zie je wel, hij was op zoek naar iemand om naar hem te kijken. Ik voelde dezelfde triomf die ik soms in mijn werk kon ervaren, als je ineens zag wat je zag, als je wist hoe het zat. Het was geen verraad dat ik zijn huis en zijn geur en zijn handschrift al kende, hij wilde het. Het was handelen met voorkennis wat ik hier deed, maar het was gewenst, wel of niet bewust, hartgrondig door hem gewenst. Hij wilde het. Maar niet te snel, niet te hard van stapel, geen grote stappen, kleine stappen, niet vergaloppperen nu, sprak ik mezelf toe terwijl ik hem een halve glimlach gaf en naar onze handen keek en hem vroeg een glas wijn voor me in te schenken. Ik keek hoe hij zijn hand onder de mijne uit haalde, hoe hij zich omdraaide en licht op zijn voeten naar de kast aan de andere kant van de keuken liep waar de flessen stonden. Hij was mooi, ik weet niet zeker of hij wist hoe mooi hij was, maar door hoe hij zich bewoog wist ik dat hij wist dat ik naar hem keek. Ik vroeg me af waarom ik altijd als een blinde mol door mijn leven was gestruikeld. Zo zelfverzekerd als ik in mijn werk was, zo'n vreselijke amateur was ik gebleven in al het andere. Ik had de hele tijd maar geprobeerd om het te snappen en het spel te spelen, de liefde te begrijpen, mijn rol onder de knie te krijgen. Altijd ging dat een tijdje goed, al was het doodvermoeiend, en altijd eindigde het in een ontmaskering. Kristof en Bee die met open mond en heen en weer geslingerd tussen afschuw en verbazing ontdekt hadden dat ik de boel belazerd had. Dat ik geen gevoelens had, of dat ik ze niet herkende, of dat ik niet ontvankelijk was voor die van hen. Dat ik naar achteren stapte als ik naar voren moest, of andersom, dat ik de dans niet onder de knie kreeg. Dat ik een codewoord niet kende, of een verboden woord gebruikte. Zoals Louis de idealen van het huwelijk had omschreven zo hadden die mij nooit aangetrokken. Dat samen één leek me maar vertroebelend, ik was het helderst soeverein in eigen hoofd, zonder indringers. Maar ik wilde de mensen niet van me afstoten. Ik wilde niet alleen zijn. Dus had ik een vorm moeten leren, het recept willen vinden, of afkijken. Ik zag andere mensen die deden wat wel de bedoeling was en gelukkig leken met elkaar, en ik laveerde tussen weerzin en leergierigheid. Ik probeerde de vanzelfsprekendheid te vinden, te vragen wat de ander wilde als er een keuze moest worden gemaakt, de hand op mijn rug in gezelschap te waarderen, de eerste persoon meervoud te hanteren. Maar in dat zoeken naar wat ik doen moest, het aanpassen aan wat ik dacht dat het zou moeten zijn, had ik nooit speciaal plezier gehad, het was meer het noodzakelijke verbloemen van eigen onvermogen dan het open nieuwsgierige zoeken dat ik bijvoorbeeld graag deed in het lab. En nu ineens, als het vinden van een sleutel, begreep ik dat ik al die tijd in de liefde iets had nagestreefd wat niets met mij te maken had, en dat er iets anders mogelijk was, dat het mogelijk was Louis Kosta te benaderen zoals ik mijn celkernloze bacteriën benaderde, als iets waar ik alles van wilde weten, als iets wat zich in mijn blik gekoesterd zou voelen maar niet van mij hetzelfde terug verwachten zou. Er ging een enorme erotische kracht uit van de combinatie van nieuwsgierigheid en heerszucht die bezit van me nam en die moet Louis gevoeld hebben, hij keek althans of hij elk moment flauw zou kunnen vallen, wankel op slappe benen bracht hij mij mijn glas wijn. Hij bleef voor me staan. ‘En nu?’ vroeg hij. Nu mag je je uitkleden, had ik willen zeggen, maar ik mocht me niet te erg laten meeslepen nog, ik moest vertragen, ik was zo gelukkig. Ik zei hem de spaghetti af te gieten en keek ernaar hoe hij dat deed, met het glas wijn in mijn handen.

Ik bleef die avond bij hem en de volgende dag ook en de dag erna ook en in die dagen en nachten leerde ik hem veel beter kennen. Hij vertelde me de verhalen die hij over zichzelf verzameld had. Hij vertelde me ook dingen niet, hij vertelde me niet over de dood van zijn enige kind – later zou hij me vertellen dat hij bang was dat hij in stukken uit elkaar zou vallen als hij het onderwerp uit de veiligheid van zijn stilte zou halen. Dat vertelde hij later, toen hij dacht dat ik degene was die, als hij in stukken uit elkaar zou vallen, in staat zou zijn die stukken weer rustig in elkaar te passen. En hoewel ik toen dus het verhaal nog niet kende, zag ik wel dat er die stilte in hem was, een poel van leegte en duisternis en rouw die hij omzeilde, met gulle grepen uit de rest. Hij droeg de middeleeuwse poëzie die hij vertaald had aan me voor, vol vogels en pijlen en metaforen zat het. Hij had een mooie stem. Hij sliep heel stil, zijn huid was zacht, en zijn lichaam rank en jongensachtig. Ik zag de moedervlekken op zijn rug, het haar op zijn benen dat als een kous ophield ter hoogte van zijn liezen, de ronde nagels, de kleine oren. Ik leerde zijn vorm kennen, zijn geur, zijn lach, het vochtig worden van zijn ogen, want hij was snel ontroerd. Hij vertelde me meer over zijn leven. Na Lily kwam Annemarie. Drie jaar was hij met haar samen geweest. Ze hadden de laatste anderhalf jaar samengewoond. Hij was langzamerhand erg ongelukkig geworden. En toen wilde zij een kind. En het moeilijkste was, vertelde hij, dat zij hem de hele tijd wilde uitleggen dat hij dat ook wilde, het werd haast een obsessie voor haar om hem te laten inzien dat hij een kind met haar zou moeten krijgen. Hij bleef weigeren, zij zag de tijd verstrijken en ging toen bij hem weg. Hoewel hij blij was verlost te zijn, verlost van de plicht haar gelukkig te maken en haar dat kind te gunnen, en hoewel hij de verbintenis met haar zelf ook echt niet langer wilde, had hij tot zijn verbazing een jaar lang hevig liefdesverdriet gehad. 'Misschien was het geen liefdesverdriet,' opperde ik. 'Misschien niet, maar wat was het dan?' Bee zou vast zeggen dat hij onveilig gehecht was, dat zei ze om de haverklap van iedereen die te ruim of te krap in de juiste emotie zat, ze had het bij mij ook geprobeerd. Onveilig gehecht of emotioneel verwaarloosd, ik vergeet altijd wat het verschil is tussen die twee.

'Misschien was je bang voor je eigen vrijheid. Misschien was het de vermomming van een ander verdriet.' Louis kreeg alweer tranen in zijn ogen en ik streelde hem. Sommige dingen vertelde hij niet, maar terugkijkend denk ik nu: tussen de regels vertelde hij me tijdens die eerste ontmoeting haast alles.

'En jij, Nicola?' vroeg hij. 'Waarom verlaten de mensen jou?'

'O,' zei ik, 'omdat ze denken dat ik wel zonder ze kan. Ze vinden dat na verloop van tijd een belediging, een schoffering van hun liefde.' En hij vroeg ook waarom ik zelf wegging en ik zei dat ik zelf nooit wegging. Dat dat niet in me opkwam. 'Ik ook niet,' zei hij, 'al ben ik diepongelukkig, weggaan doe ik niet.' 'Levensgevaarlijke eigenschap,' zei ik. We hielden elkaar in onze armen. Zo dichtbij wist ik niet op welk van zijn ogen ik scherp moest stellen. We waren misschien nog niet op het punt dat je bij elkaar weg kunt gaan, maar als het zo doorging, realiseerde ik me toen al, was dit dus voor altijd. Ken je *De matroos uit Gibraltar*, vroeg hij, van Marguerite Duras? Ken je *Liefde en goudvissen*, vroeg hij, van Jacques Gans? Ken je *Old Filth* van Jane Gardam? Ken je *Het kind in de tijd* van Ian McEwan? Ken je *In een mens* van John Irving? Ik las het later allemaal en speurde in de zinnen naar de ziel van Louis Kosta.

Hij vertelde me ook over Eva, hij speelde wat dat betreft meteen open kaart.

'Eva is mooi, en ook erg dol op mij. Ze maakt de dingen licht. Ze gelooft niet dat je al te diep moet afdalen in jezelf, ze gelooft meer in plezier en zo. En rust, misschien, zoiets.' Hij lachte, een beetje gegeneerd meende ik. 'Eva is precies zo'n vrouw,' zei hij, 'een vrouw als Lily of Annemarie, die mij doet smachten naar een fatsoenlijk leven. Ze is te oud om kinderen te krijgen, goddank.'

'Dat verlangen van jou is een monster dat je ten gronde richt,' zei ik. En ik geloofde dat ook. En ik geloofde dat, dat het verlangen naar een fatsoenlijk leven, en het verlangen ons te conformeren en beleefd te blijven maakt dat we onszelf laten opsluiten en uitbleken, en ook zelfs dat we ons uiteindelijk zonder verzet zullen laten afslachten. We herkennen onze intuïtie niet, we herkennen geen gevaar.

Ik kwam weer thuis en alles was anders. Ik bewoog door mijn kamers met de geur van Louis om me heen. Ik deed achterstallige dingen in het huis. Ik maakte een minestronesoep. Nooit eerder gedaan. Nooit meer gedaan ook. Ik stuurde die David met zijn gazon in Bilthoven of Blaricum of waar het ook was op zijn pogingen af te spreken een bericht terug dat het leuk was geweest maar ook wel weer genoeg zo. Hij stuurde me een duimpje omhoog wat vast zoiets als 'prima joh' betekende en ik dacht: dat moet ik aan Jane vertellen. Ik waste de Louisgeur aan het einde van de dag van me af. Alles deed me aan hem denken. De warmte van de waterstraal, mijn handen over mijn lichaam, alsof het mijn handen op zijn lichaam en zijn handen op mijn lichaam waren. Ik droogde me met de ruwe handdoek en trok kleren aan. Kleren zoals ik die al een decennium droeg, monochroom, inktblauwe broek, overhemd. Ik dacht aan die knappe Eva die ik in en uit zijn huis had zien komen en had horen zuchten en kreunen. Ik had nog een keer een vrouw de deur uit zien komen, een andere vrouw dan Eva, dunne benen, schuchter bewegend. Wie was dat? Zijn zuster? Een van de drie? Hij was een broer. Had ik dat goed onthouden? Er was nog zoveel Louis om te leren kennen. Daarna las ik de opgestapelde kranten. Ik had de wereld en al het oprukkende onheil de hele week al op een schandelijke manier verwaarloosd.

15

Naast elkaar drijven

In de weken die volgden zagen we elkaar veel. We gingen uit of aten bij hem. We gingen een weekend de stad uit en huurden een huisje in het bos. Hij hield van bossen en ik kon hem vertellen hoe de bomen heetten. Kijk de eik, zei ik en ik duwde hem met zijn rug tegen de stam terwijl ik hem kuste. Hij ging graag van het pad af maar richtingsgevoel had hij niet. Op geen enkele manier, zei hij zelf. We spraken over van alles en nog wat. Ons gesprek meanderde en stroomde alle kanten op. Wat vond ik hem snedig en snel, en dan weer sprak hij zoekend en openhartig. Hij had Eva iets wijsgemaakt, hij hield haar op afstand, ze voelde dat heus wel, de schuld hoopte zich op, escalatie sloop naderbij. Ik hoorde hem aan, ik had geen oordeel, ik speelde belangeloos maar ik keek uit naar de escalatie, en tegelijk identificeerde ik me zozeer met hem dat ik de escalatie vreesde zoals hij deed. We klommen over prikkeldraadversperringen en sprongen over een sloot. Ik vertelde iets over mijn kind en iets over haar vader. Hij vroeg: hoe oud was Marie toen Kristof het idee kreeg dat jij hem niet nodig had en ontdekte dat nodig zijn voor hem de beantwoording van zijn liefde was? In datzelfde gesprek zei ik hem: hoe meer ze naar mijn gevoelens vragen, hoe minder ik er blijk te hebben, alsof ze me met elke vraag ernaar ervan beroven. 'Dan,' zei hij, 'zal ik dat niet doen. Ik zal je niet naar je gevoelens vragen, maar ik zal je de mijne geven.' 'Allemaal?' vroeg ik. 'Allemaal,' zei hij en hij ging het pad af tussen de bomen door naar het vennetje dat daarachter zilverachtig glinsterde tussen het bruin en het groen en begon zijn kleren uit te trekken. 'Het is winter,' riep ik, voor het geval hij dat vergeten was. 'Ja,' riep hij terug, 'des te beter!' We kleedden ons toen allebei uit en liepen het water in en de kou deed me verkrampen en deed pijn op mijn huid tot ineens de interne kachel aansloeg en het trillen stopte. We dreven stil naast elkaar op onze rug met onze tenen en tepels boven het wateroppervlak en hij liet zich op de oever, eruit geklommen, uitvoerig bekijken met zijn armen gespreid en zijn ogen gesloten. We kleedden ons aan en de rest van de dag waren we gevuld met een warme gloed van binnenuit.

En dan na zo'n dag of wat ging ik weer naar huis en hij ook. Of hij ging naar Eva. Soms als hij bij haar was appte hij me dat hij me miste. Als Eva er niet was om onze tijd samen te begrenzen dan zouden we ons helemaal in elkaar verliezen, dacht ik weleens en dan wist ik dat het maar goed was dat zij er was.

Marie kwam bij me langs om commentaar op een essay te incasseren. Van alle ouderlijke bemoeienis was alleen het helpen bij haar schoolwerk, tegenwoordig bij haar studie, royaal aan mij toegevallen. Voor alle andere dingen was zij altijd eerder naar Kristof en later ook naar Bella en zelfs naar Bee gegaan. Ik zou haar weleens willen vragen waarom dat zo was. Ik zou haar ernaar willen vragen zonder dat het zou klinken als een verhoor, ik had van Bee namelijk begrepen dat als ik gewoon iets wilde weten dat heel vaak agressief klonk. In het begin had ik, leergierig als ik ben, wel geprobeerd te achterhalen hoe dat kwam, ik had opgelet hoe Bee de dingen vroeg. Maar als zij mij dingen vroeg klonken die dingen dan misschien niet agressief, door haar stembuigingen en inkleding in aardige woorden, maar ze waren op zichzelf wel een vorm van huisvredebreuk. Ik schrok er vaak van en het leidde ertoe dat ik me probeerde uit te drukken in een taal die ik niet echt beheerste. Volgens mij lag het verschil tussen ons dus helemaal niet in de toon, zoals zij beweerde, maar in het doel van de vragen. Met mijn toon was niets mis, mijn nieuwsgierigheid was oprecht. Haar vragen daarentegen stuurden mij dwingend in haar richting hoewel de toon dat probeerde te verhullen. Haar vragen impliceerden dat ik antwoorden op die vragen moest hebben terwijl haar vragen in mijn wereld betekenisloos waren. Wat voel je nu? Waar is het kleine kind in jou? Wat betekent vrouwelijkheid voor je? Het was pas sinds kort dat ik begreep dat veel misverstanden voortkomen uit het idee dat we hetzelfde zouden zijn. We zijn allemaal anders en het is de kunst een scheve verhouding te vinden die zo veel mogelijk tegemoetkomt aan de verschillen, en zo toch in balans is. Ik stelde Louis veel vragen en hij gaf overal antwoord op. Hij stelde mij weinig vragen en daardoor voelde ik me erg op mijn gemak. Vanuit dat erg op mijn gemak zijn vertelde ik hem zomaar wat dingen af en toe, zonder dat ik er erg in had. Daar kon Bee met haar eeuwige jacht op mijn innerlijke leven nog een puntje aan zuigen. We waren niet hetzelfde maar anders. Ik hoefde geen open boek te zijn, zoals Bee, die trouwens zelf ook helemaal geen open boek was, zo weten we inmiddels, maar een leugenaar. En ik weet wel dat Louis mij pas net kende, en dat ik Louis weliswaar al wat langer en ook wat beter kende dan hij mij, maar toch ook nog maar kort, maar het was me glashelder. Steeds als ik hem zag, begreep ik meer. Elk moment met hem was een openbaring.

Ik nam mijn opmerkingen door met Marie. Het waren het soort dingen die je in iemands werk voor verbetering kunt aanmerken als het over het geheel genomen al enorm goed is. Ze heeft een goede pen, dat kind, met woorden is zij zonder meer de scherpste in onze kleine familie, alleen op het terrein van de logica had ik er wat aan bij te dragen. Toen we klaar waren vroeg ik of ze zichzelf nog had vastgelijmd de laatste tijd. Ze glimlachte. Ze was vooral druk geweest met studeren, zei ze me, en ook met nadenken over het activisme. De paradox waar we het eerder over hadden gehad, die tussen een groot op ons af denderend gevaar en onze neiging dat gewoon te vergeten, niet te voelen, niet te kunnen voelen, die paradox probeerde ze op te lossen, zei ze. Ze meende dat er iets mogelijk was, dat er iets moest zijn waar ze nog niet opgekomen was, dat er ergens een sleutel zou moeten bestaan die op de dichte deur zou kunnen passen, de deur waarachter een oplossing lag, een magische formule, een handelingsperspectief. Ze vertelde over een vriend van haar die op therapeutisch advies weer was gaan vliegen en weer vlees was gaan eten. Hij voelde zich zo verantwoordelijk en zo machteloos tegelijk, dat het afleggen van zijn verantwoorde, zichzelf opgelegde levensstijl de enige manier leek om iets te doorbreken. Sindsdien was hij gestopt met hyperventileren. We zwegen allebei om dit verhaal tot ons door te laten dringen.

Ze zei dat zij zich de laatste tijd begon af te vragen of geweld gerechtvaardigd was. Ze zei dat we ons niet op het individu maar op het collectief moeten richten, en op de macht. Ze zei dat het recht op opstand in sommige landen in de grondwet stond. Ze zei dat geweld soms nodig was om een impasse te doorbreken. Ik zei dat we het de vorige keer juist over liefde hadden gehad, over verbondenheid. Ze knikte en ze zei dat het hart soms een schokeffect nodig had.

Ze vertelde niets over dat vriendje van haar en ik vertelde haar niks over het mijne. Ik zwaaide haar uit en ik liep met zwaaiende armen en verende pas naar het Oostergrachtje, waar ik Louis beminde en hij zijn gevoelens over me uitstortte.

16

Ik ben waar ik wezen moet

Louis ging een week met Eva weg. Ik had hem op het hart gedrukt alles te onthouden om mij later verslag te kunnen doen. Ik beschouwde haar als de controlegroep in de proefopstelling. Hoe reageerde Louis op iemand die niet alles van hem wilde weten, hem geruststelde in zijn conventionele behoeften, in hem de rots wilde vinden, mooi was en mooi gevonden wilde worden, hem een leven bood waar hij zo in kon stappen. Ik liep door de sneeuw naar het lab, ik dacht na over Louis en tussen de bedrijven door schreef ik mijn gedachten aan en over hem op, en na mijn werk bleef ik nog uren zitten achter de computer om mijn zinnen te slijpen tot diamanten. Ik had mijn lepto's en ik had Louis en beide onderzoeksobjecten ging ik te lijf met een onvermoeibare gretigheid. Het was goed om alleen te zijn en meters te maken op mijn beide terreinen.

Op een van die avonden waarop ik niet naar huis gegaan was, noedels naar binnen had geslurpt achter mijn computer en niet van ophouden wist, klopte Jane aan de deurpost van mijn kantoor en vroeg me mee uit. Mijn hoofd stond er helemaal niet naar, ik had genoeg aan Louis Kosta en de bacteriën en had geen idee hoe ik mijn blik van ze af moest trekken om vanuit het ondergrondse weer in de wereld op te kunnen stijgen. Maar Jane wierp me mijn jas toe, pakte mijn tas en zette die bij de deur en deed het licht uit. In de donkere kamer bleef ik een halve minuut achter mijn bureau in het licht van het computerscherm weerstand bieden en toen gaf ik het op. Ze liet mij voorgaan, de kamer uit, de gang door en naar buiten. We gingen naar het café waar we altijd heen gingen, een ouderwetse plek met kelners met vlinderdasjes. Het was er druk, er zaten wat studenten die ik kende. Ik vertelde haar over mijn onderzoek. Zij vertelde me over haar eigen stand van zaken op het lab en zo boeiden wij elkaar. Toen ik vroeg hoe het met Sicco en haar was, zei ze dat niemand ooit aan mensen die zo lang getrouwd waren vroeg hoe het tussen hen ging. Maar ze vond het leuk dat ik het vroeg en ze vertelde me over de ingewikkeldheid om goed te kijken naar iets wat heel dichtbij is, ze zagen elkaar niet langer scherp, zei ze en ik vroeg of ze dat als een nadeel beschouwde en zij vond dat het twee kanten had. En ze zei: hoewel ik hem niet goed kan zien, ontroert hij me nog altijd. Ik vroeg waar hem dat in zat. In zijn scheve rug, zei ze, in zijn kippigheid en in zijn vage dromerige buien. En jij, vroeg ze, hoe is het met jou, en ik zei, hoewel de terminologie me tamelijk banaal voorkwam, dat ik erg verliefd was op Louis. Louis?! riep ze uit, wie is dat nou weer? En ik vertelde de rest van de fles wijn over Louis, wie hij was, en hoe hij was. Ik startte bij de Tindermatch en liet de proloog van onze liefde achterwege. Zij bestelde nog twee losse glazen en vroeg waar Louis nu was.

'Op vakantie met zijn vriendin.'

'Hè?'

'Ja. Met Eva. Naar Lissabon.'

'Zijn vriendin?'

Ik legde haar uit hoe de situatie in elkaar stak. Jane vroeg of ik het niet erg vond, of ik niet jaloers was, ze bracht in herinnering hoe ik had gereageerd op de gedachte dat Bee een ander had gehad. Maar nee, probeerde ik haar uit te leggen, dit was allemaal heel anders, bovendien was het juist een noodzakelijk iets, die relatie met Eva, omdat Louis en ik erachter probeerden te komen hoe hij zich tot zijn tegenstrijdige verlangens verhield. Jane zei: ik hoop dat het allemaal waar is, het lijkt me typisch een situatie om na een tijdje heel gedesillusioneerd uit te ontwaken. Ach, is zo niet elke verliefdheid, zei ik met een cynische inslag waar ik zelf niet van hield en we lachten er samen om en we namen nog twee losse glazen en daarna nog eens en achteraf hadden we beter een tweede fles kunnen bestellen. Hoewel Jane twijfel in me had willen planten, uit bezorgdheid vooral, had ze me juist gesterkt in het geloof in deze hele wonderlijke onderneming. Maar toen we buiten kwamen zei ze ineens, heel ernstig, dat ik misschien mijn onderzoek zou moeten staken. Heel even was er in mij verwarring over welk onderzoek ze bedoelde, maar ze bedoelde de bacteriën; ze vond het niet goed dat ik zo solistisch bezig was, en ze vond dat ik me vastbeet in iets wat ik zonder geld, en daardoor uiteindelijk ook zonder tijd, onmogelijk zou kunnen voltooien.

Ik liep weer terug door de sneeuw. Het was heel stil op straat. Ik vroeg me af wat ontroering betekende en welk onderdeel het van de liefde was. Sicco ontroerde Jane en de voorbeelden die ze had genoemd leken te gaan over het wezen van Sicco, zijn onmiskenbare eigenheid en atmosfeer, en over zijn gebreken, zijn bijziendheid en zijn vergroeiing. Was wat ik voor Louis voelde ook ontroering? Ik voelde vanaf het eerste moment een radeloosheid in hem die me op een onbegrijpelijke manier aantrok. Ik had het idee dat ik niet de bodem, maar de bodemloosheid van zijn ziel zag. Ik weet dat Bee me zei dat ik haar ontroerde, tot het moment dat wat haar ontroerd had, een bron van ergernis werd. Soms ontroerde Bee mij ook wel, geloof ik, maar ik was, als ik er zo in die sneeuwnacht aan terugdacht, altijd ook een beetje bang voor haar geweest. Ik probeerde me te herinneren of er tussen Kristof en mij sprake van ontroering was geweest, maar die geschiedenis was zo ver weg, als ik erover nadacht leek het wel een heel andere vrouw dan ik die daar toen ooit met hem een huis kocht en een kind kreeg en onze drie namen in één ademtocht noemde. Kristof en Nicola en Marie. (Knus in dezelfde hoek van het alfabet. Als er nog eentje bij komt doen we iets met de L, zeiden we toen weleens tegen elkaar.) En toen ik erover nadacht was de vrouw die Bee die vroege morgen voor de eerste maal kuste in de ochtendzon ook niet iemand die nog erg op mij leek. Wanneer was ik nou eigenlijk mijn huidige zelf geworden? Was het idee van een zelf als iets constants en coherents en waarachtigs soms een misvatting? Was het ons beschouwende brein dat de fictie van een persoonlijkheid en een logisch leven produceerde om de wilde werkelijkheid onder de duim te houden? Wist je alleen maar wie of wat je was op de zeldzame momenten dat je helemaal samenviel met jezelf? En was dat zogenaamde samenvallen misschien een illusie van het verliefde brein? Ik hief mijn hoofd en sloot mijn ogen en sneeuwvlokken landden gewichtloos op mijn gezicht. Ik dacht aan hoe het in de winters vroeger elk jaar vroor en sneeuwde. Hoe we op de ijsbaan in het weiland schaatsten met muziek uit de toetervormige speakers op palen rondom en hoe we gevulde koeken aten en warme kwast dronken. Ik herinnerde me dat ik met mijn vader over een brede sloot tussen de weilanden schaatste en hoe hij ineens viel en met zijn grote logge lichaam doorschoof over het ijs en daarna roerloos tegen de hoge wal aan bleef liggen. Ik wist niet wat ik moest doen, en hij wist het ook niet. Laat mij maar liggen, had hij gezegd nadat hij eerst een hele tijd niets had gezegd op mijn vraag wat ik doen moest, blijven of hulp halen. Hij huilde en ik voelde me beschaamd en ontredderd. Het lukte me niet hem omhoog te helpen, hij werkte niet mee. Het was doodstil daar in dat lege landschap, met de kraakblauwe lucht en de zon daarin, met het mysterieuze zwart van het dikke ijs en de schittering van het licht op de besneeuwde oever. Ik had het koud gekregen door het stilstaan. Na een hele tijd was er een andere schaatser gekomen die ons hielp. Mijn vader bewoog zodra die man uit beeld was alweer normaal, hij had niks, niks gebroken of verstuikt. We deden allebei alsof het niet was gebeurd. Meer dan veertig jaar geleden. Het kind dat ik toen was, was ik ook allang niet meer. Zou mijn vader mijn moeder hebben ontroerd? Ooit wel. Toen ze hem leerde kennen zat hij op de filmacademie en ging er een belofte van hem uit, toen was zijn gekte iets romantisch, ik stelde me voor dat hij kwetsbaar was op een ontroerende manier. Maar later was hij niet meer kwetsbaar en alleen nog maar gekwetst, stuk.

'Nicola!'

Ik opende mijn ogen en keek naar waar die stem vandaan kwam. Daar stond ze, Bee.

'Beatrice.' Ze hield er niet van als ik haar bij haar naam noemde.

'Wat doe jij nou?'

'Ik kijk naar de sneeuw.'

'Ja dat zie ik.'

'Heb je weleens gehoord van de bacterie *Pseudomonas syringae*?' Ik liet een stilte vallen. 'Nee natuurlijk.'

'Nee.'

'Die maakt een eiwit aan dat de kristalvorming van ijs bevordert.'

'O.'

'Leuk hè? Ze gebruiken hem in sneeuwkanonnen op skipistes.'

'O.'

'Niet leuk?'

Het was stil.

'Wat is denk jij de overeenkomst tussen tomatenplantjes en sneeuw?'

Ze zuchtte.

'De *Pseudomonas syringae*!'

Ons gesprek kwam niet echt van de grond. Ik vertelde haar de herinnering over mijn vader. Ze was altijd meer in pijnlijke herinneringen geïnteresseerd geweest dan in mooie biologische verschijnselen. Ze vroeg of ik dronken was. Ik mompelde iets wat ik zelf ook niet kon verstaan.

'En jij? Wat doe jij hier?' vroeg ik toen maar. Op weg naar huis was ze, en na een korte aarzeling vertelde ze dat ze met Marie en haar vriendje had gegeten. Een aardige jongen, vond ze, net zo slim en knap als Marie zelf. En ook zei ze dat ze het heerlijk had gevonden om Marie te zien. Dat het fijn was dat die band tussen hen bestond los van die van ons, dat zij nu ze niet meer de vriendin van haar moeder was, een eigen betekenis bleek te hebben, dat ze twee individuen waren met een eigen... Ja, ja, ja, zei ik, ik begreep het al lang. Fijn hoor, zei ik ook nog en dat meende ik.

'Moet jij niet naar links?' vroeg ze toen ik links moest naar mijn huis, maar op de route naar haar huis lag het Oostergrachtje. Nee, nee, ik ga niet naar huis, zei ik, we kunnen samen oplopen. Naast me klikten haar ferme halfhoge hakken op de sneeuwvrij gemaakte stoep, ik sloop geruisloos naast haar voort. Hoe vreemd! Een half jaar geleden waren we nog een paar en nu waren we haast vreemden voor elkaar. En voor het eerst in jaren was er zoveel sneeuw gevallen. Dat van die *Pseudomonas syringae* wist ik doordat ik er onlangs iets over las. Het is niet zo dat alle bacteriën altijd in mijn hoofd zitten. Alleen de *Leptotrichia animalis*, die was, als een geliefde, de hele dag in mijn gedachte. En ik zeg als een geliefde niet alleen om de hoeveelheid tijd dat en intensiteit waarmee die in mijn gedachten was, maar omdat net als bij een verliefdheid er die schijnbare tegenstelling is van enerzijds de ander als een compleet raadsel zien, en anderzijds voelen dat jouw verliefde blik als enige de schitterende waarheid registreert. Ik vroeg Bee wanneer ik haar voor het laatst ontroerd had. Ze gaf geen antwoord. Toen vroeg ik wat haar verhaal over onze breuk voor de mensen was. Ze draaide geërgerd met haar hoofd en haar schouders als om het spinrag dat ik was van zich af te schudden – dat was het beeld dat bij me opkwam.

'Moeten we het daar nu over hebben, Nic?'

'Ja Bee, ja, dat moet.'

'Ik weet het niet, er zijn meerdere versies, denk ik,' zei ze, alsof ik dat niet ook zo wel begreep. Ik zuchtte overdreven om haar clichématige antwoord en ter aansporing voor iets beters. 'Ik denk dat mijn verhaal is dat we elkaar kwijt waren,' zei ze toen en daar volgden nog een hoop andere onbegrijpelijke zinnen op. Het was niet meer aan het sneeuwen en ik was ook niet meer dronken, de hele conversatie met Bee had een geweldig ontnuchterende uitwerking op me. Er was niemand op straat, het was vast al heel laat.

'Vind jij het niet gek dat je niet eerst gaat zoeken naar iets wat je kwijt bent?'

Ik bleef stilstaan en dwong haar hetzelfde te doen.

'Och jezus, Nicola.'

'Nou? Vind jij het niet logisch om eerst te zoeken naar wat je kwijt bent voordat je je met het verlies verzoent?'

Misschien wilde ik die ruzie die we hadden overgeslagen alsnog. Ik weet niet wat me bezielde. Ik vond het zo achteloos klinken wat ze zei. Dat we elkaar kwijt waren. En mij dat niet vertellen. En dan weggaan met het verwijt dat ik haar nooit eens iets vertelde. Het klopte niet en het deugde niet. Ik wilde dat ze dat begreep. Hoe belachelijk dat was. En dat probeerde ik haar daar aan haar verstand te brengen. Hier heb ik geen zin in, zei zij, en: hier heb ik absoluut geen zin in. Ze noemde me voortdurend bij mijn naam, alsof ik een kind was dat een standje kreeg. Ik vertelde haar dat Els had geopperd dat ik misschien niet lesbisch genoeg was. Tegen alle signalen in had ik geloof ik verwacht dat Bee daar wel om zou kunnen lachen. Maar ze lachte niet. Ze klemde haar rode lippen die ik zo vaak gekust had op elkaar alsof ze niet van zins was om nog iets te gaan zeggen. We liepen inmiddels weer. Op de brug bij Louis zei ik: 'Zo. Ik ben er.' Pas toen keek ze me weer aan. Toen wel. Met een woedend gezicht.

'Waar ben je?'

'Waar ik wezen moet.' Ik was niet van plan haar verder iets uit te leggen. Ik keek haar aan, ik zei gedag. Ik zei: 'Pas goed op jezelf', voor zij dat tegen mij kon zeggen. Ik voelde hoe ze me nakeek, en omdat ik haar kende wist ik dat het haar helemaal niet beviel dat ze geen idee had waarom ik daar op nummer 4 met een sleutel een donker huis binnen ging. Ik deed de lampen een voor een aan zoals Louis dat altijd deed en ik stelde me voor hoe Bee op de brug stond zoals ik op de brug had gestaan en zich afvroeg wie daar woonde. Toen ik na een tijdje naar buiten keek zag ik haar niet meer. Ze was waarschijnlijk net weg.

17

De versluierde manier waarop het leven zich voltrekt

Ik was achter in de twintig en ik deed onderzoek naar het coronavirus toen ik Kristof leerde kennen. Het was tijdens een etentje bij gezamenlijke vrienden, we aten risotto, dat weet ik nog wel, hij droeg een bruin ribfluwelen jasje, dat weet ik ook nog. Ik legde hem uit wat een virus was, hij wilde weten of ze dood of levend waren en ik moest hem vertellen dat de wetenschap er niet uit was wat de definitie is van levend. Nog steeds niet trouwens. Hij wilde weten wat ik zag door mijn microscoop. Ik vertelde dat ik die dag nog in een verduisterd lab met de fluorescente microscoop groen oplichtende cellen had geteld. Prachtig vond hij dat, vond hij mij. Dat weet ik nog. De vrienden bij wie we waren weet ik ook nog. Erik, met wie Kristof nog altijd bevriend is en diens toenmalige geliefde Tony, die inmiddels dood is. We zaten daar met nog een stuk of wat mensen, waarvan ik me ook Astrid Adelblom herinner die nu secretaris-generaal van OCW is en dus eigenlijk min of meer over de financiering van mijn werk gaat, maar dat terzijde. Goed, we aten dus risotto en ik weet me nog te herinneren wat de gespreksonderwerpen waren, niet zo gek want aangezien Kristof en ik later een relatie kregen hebben we de eerste ontmoeting natuurlijk zorgvuldig nabesproken. Het ging over wat we toen de multiculturele samenleving noemden, in die dagen ging het daar vaak over. Het ging ook over hallucinogene paddenstoelen en over iemands vakantie naar Thailand, maar het langst van alles ging het over een stel romanpersonages. Aanleiding was een boek van een schrijfster die de aanwezigen bijna allemaal kenden maar die er zelf niet was, omdat er die avond een prijs werd uitgereikt waarvoor zij was genomineerd – het betrof een roman met de omineuze titel *Ten onder*, dat weet ik ook nog, al kende ik de schrijfster niet en had ik het boek toen nog niet gelezen. Ik herinner me dat er gesproken werd over de personages in dat boek en over de herkenbaarheid van het leven van de schrijfster al beweerde die zelf dat het allemaal fictie was.

Dat we rode wijn dronken, dat weet ik nog, en dat we als toetje ijs kregen met fruit, dat weet ik ook nog. En dat Kristof en ik allebei niet meededen met de sterke drank die daarna op tafel kwam. Ik weet niet meer dat we weggingen, maar we zijn op een zeker moment weggegaan en we hebben toen telefoonnummers uitgewisseld. Ik raakte het kaartje met zijn nummer erop kwijt en hij deed er meerdere weken over om te bellen. Ik was hem al half-en-half vergeten toen hij me uitnodigde voor een drankje. In het café vertelde ik weer over het virus en ik kwam terug op *Ten onder*, dat ik inmiddels had gelezen. Hij zei me dat hij het virus interessanter vond dan romanpersonages en ik vond dat vreemd, want zelfs ik, die toen bezeten was van virussen, begreep dat er iets boeiends was aan romanpersonages en verhalen zoals die in romans worden verteld waar de microbiologie niet aan kon tippen. Je bent een vreemde jongen, of een leugenaar, zei ik tegen hem en toen vroeg ik waar hij zich beroepsmatig mee bezighield. Hij was fluitist, maar nu acht jaar na het conservatoriumdiploma realistisch genoeg over zijn niet buitensporige talent dat hij naast het kamerorkestje waarin hij zat ook een driedaagse betrekking als gemeenteambtenaar had. Ik ging met hem mee naar huis en hij vroeg naar mijn lievelingsorganisme en ik zei dat het de zeeanemoon was. Dat is een solitaire poliep, vertelde ik hem, zonder skelet maar met tentakels, waarmee ze levende prooien vangen. Solitaire poliep? vroeg hij. Ja, zei ik, al zijn er ook bij die in symbiose leven, bijvoorbeeld met clownvisjes of met garnalen. Daarna floot hij Fauré voor mij. We hadden veel plezier. Dat weet ik allemaal nog. Ik weet ook nog dat ik snel zwanger was en dat dat maakte dat we trouwden, pragmatisch, zonder ceremonie, we namen het niet erg serieus. Ik weet niet meer dat we samen een huis kochten, of althans, het tekenen van de koopakte kan ik me nog wel herinneren, maar het zoeken en het vinden en hoe dat nou allemaal precies in zijn werk ging, dat weet ik gek genoeg niet meer. Wat me bezielde, of ik dacht dat we voor altijd bij elkaar zouden blijven, of ik hoopte dat we voor altijd bij elkaar zouden blijven, of het krijgen van een kind betekende dat we een schakel werden in de geschiedenis, met voor- en nageslacht, in plaats van toeristen in het heden, dat weet ik niet, ik weet niet of ik dat zo voelde, of we er ooit over spraken. Ik weet nog dat Marie in de wieg gelegd werd waar Kristof zelf in gelegen had en zijn moeder ook, de wieg die nu op zijn zolder wacht op nieuwe generaties. Ik herinner me de nachten waarin ik Marie voedde en intussen las, romans, het virus was boeiend maar fictie hielp me de nacht door. Ik herinner me nu ineens dat ik in een aantal van die nachten *Het onverwachte antwoord* van Patricia De Martelaere las en ik herinner me de geneticus daarin met wie ik me vereenzelvigde, en verder herinner ik me van dat boek niets anders dan de sfeer ervan. Ik herinner me Kristof die de Beatles draaide tijdens de afwas. Ik weet nog dat mijn moeder soms oppaste en dan altijd heel lief en geduldig was, heel anders dan hoe ik haar kende. Ik weet dat Kristof daardoor dacht dat het wel meeviel met haar. Ik weet nog dat ik 's nachts wakker lag van de gedachte aan mijn virus omdat ik iets zeker wist wat ik maar niet kon bewijzen. Einstein, die deed nooit een proefje, het enige wat hij deed was kijken, nadenken en rekenen, ik wil mezelf niet met Einstein vergelijken, dat niet, het behoort tot mijn vaste verzameling trivia om te weten hoe hij te werk ging. Ik herinner me de vermoeidheid. En de energie die ik kreeg als ik het huis uit ging om te gaan werken en ik focus vond en scherpstelde en mijn verstand aanslingerde. En dan als ik thuiskwam en in de weekenden weer die vreemde roesachtige poel van geluk. Ik weet nog dat Kristof de geweldigste gerechten kookte, en dat we die opaten met Marie liggend op de tafel tussen onze borden in en dat hij niet meer zo erg geboeid was door het virus als voorheen. Ik weet behalve dat koken niet meer wat Kristof bezighield in die tijd. Hij floot niet vaak, hij had zijn kamerorkest opgezegd en ging alleen zijn drie dagen naar de gemeente. Ik weet nog dat ik alles liever alleen deed, naar de film of uit eten of wandelen, dat soort dingen. Ik vond praten over wat ik had gezien of wat hij dacht vermoeiend en afleidend. Ik liet Kristof het liefste thuis met de baby. Het was niet omdat ik niet van hem hield of niet meer in hem geïnteresseerd was, ik vond het gewoon makkelijker. Ik weet niet meer hoe het misging tussen Kristof en mij. Ik weet niet meer hoe het verdween. Ik herinner me onze ontmoeting en de muziek, en ik herinner me de wazige vermoeidheid in het eerste jaar met Marie. En ik herinner me de uitingen van zijn teleurstelling. Maar wat daartussen nou precies gebeurde? Toen hij bij me wegging begreep ik zijn verwijten niet goed en nu is het te lang geleden om te reconstrueren wat ik dacht. Misschien dacht ik niet, niet aan hem, niet aan de liefde, niet aan onze plek in het leven, aan ons drieën als gezin, misschien is dat het. Ik voedde de baby met mijn lichaam en wijdde mijn hoofd aan het virus. Ik zocht verstrooiing in gedachteloosheid, gedachteloos lezend, films kijkend, wandelend. Ik kan me niet herinneren dat ik zo koortsachtig op zoek was naar wie hij was, zoals nu bij Louis. Ik herinner me niet dat ik ontroerd was door hem, om hem. Misschien dacht ik gewoon niet echt over hem na. Misschien is het waar dat ik hem geen rol gaf, of een te kleine. 'Je bent zo vol van jezelf?' weet ik nog dat hij tegen me schreeuwde, maar ik was voor zover ik wist niet zo erg vol van mezelf. Ik was eerder leeg, dacht ik toen, denk ik nu ook nog. Als het waar is dat een organisme, een dier, een bacterie of een virus als doel heeft om, op welke manier dan ook, zo lang mogelijk voort te bestaan, was het misschien wel iets waar mijn biologie me in gemoffeld had, in deze toestand, waarin ik me dan in elk geval had voortgeplant. Wat vanuit de verte van het nu overblijft is verbazing over de versluierde manier waarop het leven zich voltrok. Toen.

18

Geen kind meer van deze tijd

Ik zat tegenover Louis in het restaurant dat ik had uitgekozen en we waren beiden aanvankelijk een beetje stilletjes. Misschien wilde hij me niet vertellen hoe het met Eva in Lissabon was geweest, of dat hij haar ten huwelijk gevraagd had of zoiets, dacht ik. Misschien begreep hij ineens niet waarom ik in zijn leven was, waarom hij, terwijl hij Eva had, op Tinder was blijven rondhangen en daar aan mij gematcht was en niet alleen met me afgesproken had maar ook met me sliep, en niet één keer, maar elke keer. Mij speelde het die avond parten dat ik zo veel tijd met hem doorbracht – ik had meerdere nachten in zijn bed geslapen tijdens zijn afwezigheid – en dat ik nu mijn werkelijkheid weer in een gezamenlijke werkelijkheid moest zien te voegen. Mijn kennis over hem nam steeds verder toe, de vraagtekens ook, behoedzaamheid en wilde moed wisselden zich af in mijn benadering. 'Nou vertel,' zei ik. 'Vertel wat?' vroeg hij. 'Vertel me alles,' zei ik en hij vroeg of het echt álles moest zijn en ik zei hem dat het absoluut álles moest zijn, dat een torretje onder de microscoop niet uit overwegingen van fatsoen of consideratie met de laborant eigenschappen kon achterhouden. Hij lachte en ontspande en bood me zijn handen aan over de tafel.

Vier dagen was het heerlijk geweest met Eva. Hij genoot van haar schoonheid tegen het decor van de hellende straten van de stad. Ze had voor elke dag een andere schitterende outfit en in haar tas zaten gehakte schoenen die ze aantrok als haar gympen hun wandeldienst bewezen hadden en ze ergens gingen eten. Zij maakte foto's van hen tweeën of liet ze maken door obers of voorbijgangers, en die plaatjes bewerkte ze en zette ze op Instagram. Hij liet het zich aanleunen en dacht: een week, een week lang deze lichtheid, me laven aan haar leven en levendigheid. Dus ook hij droeg zwierige kleren, hij liet zich in het nieuw steken door haar. Dit pak, zei hij en strekte zijn armen naar de zijkanten uit, wat vind je, liefje? Liefje zei hij, en ik zei dat hij erg mooi was, en ik bedoelde het pak niet, daar heb ik helemaal geen kijk op, maar dat hoefde hij niet te weten. Hij speelde zijn rol, hij wees haar de weg door de stad, deed net of hij richtingsgevoel had, want dat paste bij die rol, hij liet haar via haar telefoon eindeloos speuren naar de etablissementen die volgens het internet de moeite waard waren, waar hij haar zei, nadat hij rondgekeken had, dat zij de mooiste was en waar hij de rekeningen betaalde. Terwijl zij het internet vulde met de bewijzen van hun goede leven, las hij in de stadsgids of op Wikipedia over Lissabon zodat hij de stad en haar geschiedenis beter leerde kennen en haar straks weer wat te vertellen had. Tijd voor een boek was er niet. Als hij las gaf zij hem het gevoel dat hij haar in de steek liet. Hij bewonderde haar voor de speciale gelegenheid aangeschafte ondergoed, hij kon niet van haar afblijven, hij speelde het misschien eerst even maar terwijl hij het speelde werd het waar. Terwijl het hier nog winter was, was het daar al lente. Na vier dagen was hij behoorlijk uitgeput, hij voelde zich aan de ene kant als een slappe pop, een matje dat onder haar voeten wilde liggen, hij wilde verdwijnen als zelfstandig wezen maar aan de andere kant stak langzaam de rebellie in hem de kop op. Op de avond van de vierde dag maakten ze ruzie. Zij zei iets over een toekomst, en hij zei dat hij zich niet wilde binden en legde daarmee een bom onder het samenzijn, want ze voelden zich immers allebei zo verbonden, hij ook, of niet, waarom deed hij zo moeilijk, wat was dit dan? Op de vraag of er soms iemand anders was, was hij er, als hij het zich goed herinnerde, in geslaagd geen ja en geen nee te zeggen, waar hij nogal tevreden over was. Ik zweeg. 'Vind je me oneerlijk?' vroeg Louis mij. Hij had het haar wel willen uitleggen, maar dat was niet zo gemakkelijk want wat was het verhaal eigenlijk? En waarom zouden zij en hij hun samenzijn daar willen laten verstoren door een vreemd element? Ik luisterde naar hem. Ik registreerde 'vreemd element'. Ik zou haar meer bedriegen door jou in te brengen dan door te proberen daar volledig met haar te zijn en jou voor dat moment te vergeten, zei hij. Ik smeerde boter op een stukje brood en schoof het hem toe. Hij had wel met haar willen praten, zei hij, maar zij was niet ontvankelijk voor de uitleg die hij haar wilde geven. Hij had wel met haar willen praten over wat er die avond tussen hen gebeurde, maar ook dat wilde ze niet. Ze lag met haar rug naar hem toe, steeds als hij bijna in slaap viel trof hem de angst dat ze zich om zou draaien om hem in zijn gezicht te slaan. De vijfde dag waren ze allebei moe. Hij kocht een armband voor haar, en deed zijn best, zij ook, zij liet zich langzaam weer vermurwen en hij verzoende zich met alles, omdat het toch maar tijdelijk was, en aan het einde van die vijfde dag werden ze aangeschoten en uitgelaten van een fles champagne, er werd geen woord meer gewijd aan wat er spaak gelopen was en alles was weer goed. Dag zes en zeven verliepen in een behoedzame harmonie, een Brits soort wellevendheid hield hen op de been. Soms dacht hij wel dat hij het misschien moest doorbreken met wat reflectie op het geheel maar dan weer dacht hij aan haar toorn en haar gekwetstheid en koos hij de makkelijkere weg. Ze namen innig afscheid en gingen elk huiswaarts. Hij zweeg, hij keek me aan. Ik vroeg wat hij nu voelde. Schuld, schuld, schuld, zei hij. En dat hij zo blij was om mij weer te zien.

En toen vertelde hij me over zijn werk dat op hem lag te wachten. Hij beheerde de nalatenschap van een barones, een stichting, hij was de directeur van een fonds dat geld uitdeelde aan maatschappelijke projecten en kunstenaars. 'Mijn leven wordt gekleurd door nalatenschappen,' zei hij. 'Eerst die erfenis die mijzelf ten deel gevallen is en nu die nog veel grotere erfenis die onder mijn leiding wordt uitgedeeld.' Ik vroeg of er ook fundamenteel bacterieonderzoek werd gefinancierd door de barones, maar hij vertelde dat zij zo haar eigen hang-ups had gehad, vioolmuziek bijvoorbeeld en geëngageerde toneelstukken die maatschappelijke vraagstukken opdienden aan een publiek dat zich na afloop gesterkt voelde in het idee aan de goede kant te staan.

Hij vertelde me over de jongen die vroeger de beste vriend van zijn zoon was geweest, Timo, die zijn studie afgebroken had om timmerman te worden. Hij probeerde nu met een paar andere jongens zelfvoorzienend te wonen in Overijssel, maar ze waren ook bezig een stuk land in Spanje te kopen. Timo geloofde niet meer in deze wereld, niet in universiteiten en Tweede Kamerverkiezingen en monetaire systemen. Hij vond alles aan de wereld waarin hij leefde pervers. De aarde gaat stuk en de mensen worden uitgebuit en iedereen wordt voorgelogen en farmaceuten maken vaccins met belastinggeld en verdienen daarna miljardenwinsten waarover ze geen belasting betalen en er is een tekort aan alles wat belangrijk is en een teveel aan alles wat lelijk is. Het was begonnen toen hij, net studerend, een wilderniscursus volgde. Hij was altijd geïnteresseerd geweest in de basale vormen van leven, de eenvoud, de natuur. Hij leerde tijdens die cursus dat je, op het moment dat je verdwaalt, tegen je intuïtie in, niet op zoek moet gaan naar de weg eruit. Wat je moet doen is zo snel mogelijk erkennen dat je verdwaald bent en voor jezelf gaan zorgen. Je moet een shelter bouwen zodat je warm en droog bent en kunt slapen. Timo had het symbolisch opgevat: hij was in zijn leven verdwaald geraakt en besloot op te houden te proberen de weg terug te vinden, hij bouwde zijn shelter en ging voor zichzelf zorgen.

We aten biefstuk en ik vertelde Louis dat mijn dochter de laatste keer dat ik in haar bijzijn een biefstuk at, zei: 'Voor een kilo rundvlees wordt vijfentwintig kilo voedsel gebruikt: graan, soja. Voor jouw biefstuk sterft er een kind.' Op zoiets, zei Louis, valt niets terug te zeggen. Nee, zei ik, en ik vertelde hem over het activisme van Marie. Ik begrijp haar, zei Louis, maar toch ook weer niet, en hij vroeg zich hardop af: ben ik het radicale ontgroeid of ben ik geen kind meer van deze tijd? En ik zei: als jij zegt dat je een kind bent, wel of niet van deze tijd, dan wil ik me meteen graag over je ontfermen. En dat was zo, en dat was vreemd, ik ben niet het moederlijke type, maar ik wilde zijn hele leven van hem hebben, vanaf zijn prille kindertijd.

Ik zei: we gaan naar huis, ik ga je uitkleden, ik zal Eva uit je wegnemen en je de mijne maken. Zei ik dat? Ik geloof het wel. Ik rekende af. Toen we buitenkwamen vroeg hij of ik boos op hem was. Schuchter naar de grond kijkend stond hij te wachten op mijn woede. Alsof hij werkelijk een kind geworden was. Ik tilde voorzichtig zijn kin iets omhoog en keek hem aan. 'Ik ben niet boos op je,' zei ik, als was het een formule. We gingen naar huis, naar bed. Ik hield hem vast, ik nam bezit van hem, ik liet hem zijn lichaam aan het mijne klemmen, ik omvatte hem en in mij was een meer van macht en tederheid waarin ik haast verdronk. Alles, dacht ik, alles kan ik met hem doen, en ik fluisterde dat ook in zijn oor, heel zacht, ik wist niet eens of het te horen was.

Toen hij sliep, in mijn armen, zijn gezicht tegen mijn hals, was ik wakker en dacht aan onze kinderen en hun vrienden en hun radicaliteit en de wereld waar wij net als zij in leefden, wij comfortabel dankzij onze persoonlijke omstandigheden en met het vage gevoel van een horizon die we wel zouden halen, en met een – misschien daardoor – slechts zuiver cognitieve toegang tot het onheil dat zij veel beter schenen te kunnen voelen. Ik dacht erover, maar ik had geen inzichten, ik had geen sleutel voor de deur van Marie, ik voelde me net als Louis geen kind van mijn tijd. Ik voelde een wrede werkelijkheid die aan me trok, waar ik op een onbegrijpelijke manier verantwoordelijk voor was, en tegelijk was ik hier in deze kleine oase zo gelukkig, zo vreselijk gelukkig met het warme lichaam van Louis in mijn armen, Louis die bereid was zich aan mij te laten zien en bij me sliep en me nog niets had gevraagd en me nog niets had verweten.

19

Pan

Het klopte dat ik te laat was, maar ik vond het verdedigbaar dat je te laat bent als iemand op een doordeweekse dag om vijf uur haar verjaardag viert. Marie zelf had er geen probleem mee, maar Kristof en Bee hadden zich blijkbaar verbonden in hun gedeelde lot op de schrale grond van een relatie met mij te hebben geleefd, of zoiets, ze waren in elk geval eensgezind in hun verontwaardiging. Ik had op zijn minst toch even kunnen bellen, vond Bee. We wisten niet eens of je überhaupt zou komen, zei Kristof. Het is een werkdag, wierp ik tegen. Ik keek van de een naar de ander. Maar het is al bijna acht uur, zei Bee. Werkelijk, vroeg ik verstrooid-naïef maar met mijn linkerwenkbrauw hopelijk ironisch en uitdagend opgetrokken. Ja werkelijk, zei Bee, die weer eens niet van ophouden wist. Bella, de vriendin van Kristof, omhelsde me intussen met twee ovenhandschoenen aan waarmee ze me over mijn rug wreef. Ik stelde me voor dat ze ze speciaal voor deze handeling had aangetrokken. Bee stond me nog steeds aan te kijken toen die omhelzing voltooid was en Bella met Kristof naar de keuken was vertrokken. Ja, ja, ja, ja, ja, zei ik tegen haar, en terwijl ik die ja's zei, schudde zij zachtjes haar mooie hoofd. Ik vond het in een relatie al vreemd dat je zo over de ander kon beschikken, dat je diegene kon terechtwijzen en corrigeren en de indruk geven dat jouw gedrag ook half en half hun gedrag was, dat je met jouw wangedrag de ander opzadelde met verantwoordelijkheid, maar nu het uit was, was het helemaal belachelijk om zoiets mee te moeten maken. Ze zag er zongebruind en mollig uit. 'Zeg Bee,' zei ik, 'kun je je even met jezelf bezighouden? Dan ga ik mijn kind feliciteren.' Ik draaide me van haar af. De grootouders van Marie waren er, Ellie was er, de tienerdochters van Bella, die hun doopnamen Samantha en Mercedes hadden veranderd in het genderneutrale Sam en Mex, een jeugdvriendin van Marie die door het verschil tussen hun beider werelden – Marie op de universiteit, Sophie met haar al afgeronde mbo-opleiding ziekenzorg – nu meer tot de familie dan tot de vriendenkring behoorde, het clubje dat ze kende van de middelbare school en dat nu op theateropleidingen zat was er, en een jongen die ik niet goed kon zien omdat hij op de vensterbank zat en het licht van buiten hem tot een contour versimpelde. Marie liet zich omhelzen, over haar schouder keek ik naar wat het vriendje moest zijn. 'Fijn dat je er bent.' Zij wel. 'Kom, ik ga je voorstellen,' en ze nam me mee naar de vensterbank waar het silhouet van de jongen toen ik naderbij kwam werd ingetekend. 'Dit is James.' We schudden handen, hij en ik, geen idee wat ik nu verder zou zeggen. 'Sorry dat ik zo laat ben,' zei ik maar tegen hem, terwijl het me niet speet, ik niet vond dat ik te laat was en hij er al helemaal niets mee te maken had. Hij zei zelf ook niet veel. 'Mooi om u te ontmoeten.' 'Zeg maar je,' zei ik. En toen konden we aan tafel, ze hadden niet op mij gewacht, het was gewoon toevallige timing. Hij was knap, James, donker, Indiaas misschien, idioot dat Bee en Kristof dat er allebei niet bij hadden verteld. We aten. Bee kwetterde er lustig op los. Over een werk dat haar museum had aangekocht, over fotografie, over de bloemenzee op Sardinië, godbetert. Met wie was je daar? vroeg ik. Met Frieda, zei ze, een beetje triomfantelijk, ze zal wel hebben gedacht dat ik dacht dat ze daar zeker met dat vriendinnetje van d'r was geweest. Ik geloof niet dat de rest iets merkte van het venijn tussen ons. Zeker Bee was er goed in er een grote glimlach bij op te zetten. Ik deed mijn best om met de ouders van Kristof te praten, me alles te herinneren, de caravan, de cursussen aan de volksuniversiteit, de andere kleinkinderen. Ik luisterde intussen naar Sophie en naar James en daarna naar de dochters van Bella die vonden dat je ook in de liefde inclusief moest zijn. Je kon bijvoorbeeld niet zeggen dat je niet op dikke, of zwarte, of blonde of oude mensen viel, dat was discriminatoir. En ze vonden heteroseksueel per definitie seksistisch. De liefde was niet langer hoogst individueel maar politiek, begreep ik. Alles was politiek. Ik dacht aan Louis die geen kind meer van zijn tijd was. Sophie, de ziekenverzorgende, begreep er ook geen fluit van, je zag haar kijken: waar hebben deze mensen het over, het was een heerlijk soort verbazing. Bella en Kristof luisterden met de welwillendheid van puberouders. En de theatermensen waren het de hele tijd met alles eens, en als ze het ergens niet mee eens waren hadden ze veel respect voor het standpunt waarmee ze het niet eens waren. Het leek wel of ze verstoken waren van hartstocht, van drift, van jeugd. Alsof ze geloofden dat ze de kwaadaardigheid in de wereld, in zichzelf, gewoon konden ontkennen. Het leek wel of hun opleiding geen kunstopleiding was, dacht ik, maar een cursus geweldloze communicatie. Mex probeerde me in het gesprek te betrekken door te zeggen dat ik pan was. Toch? vroeg ze, naar Bee en Kristof en mij kijkend. 'Wat ben ik?' vroeg ik. 'Pan,' zei Mex weer, 'panseksueel.' 'Dat is zoiets als biseksueel,' schoot Bee te hulp. 'Nou, nee hoor,' onderwees Mex, 'bi is dat je op twee genders valt en pan is meer dat je op energie valt.' 'Pan is alles en iedereen,' zei Sam. 'Dus als je pan bent val je op alles en iedereen,' vroeg Bee, 'de hele tijd?' 'Nee, niet de hele tijd, zoals je als je bi bent ook niet per se de hele tijd tegelijkertijd een man en een vrouw hebt. Het betekent dat je je aangetrokken kan voelen tot iedereen.' 'Dus Nic,' vroeg Bee terwijl ze met haar lepel alsof het een microfoon was richting mijn mond wees, 'bi of pan?' Ik vond het nogal ongemakkelijk om over mijn seksualiteit te spreken in dit gezelschap. Het leek me niet dat iemand daar iets mee te maken had, of wilde hebben. Ik mompelde dat ik begreep dat emancipatiebewegingen zichtbaarheid nodig hadden maar dat ikzelf liever in de schaduw bleef. Mex riep dat het juist mooi was. Mooi? Wat? Mijn seksualiteit? Mijn inclusiviteit? Zei dit kind nou dat het mooi was dat ik in mijn leven met mannen en vrouwen naar bed gegaan was? En was ik nu modern of ouderwets met mijn verlangen naar privacy? Gelukkig verlegde iemand de aandacht van mijn liefdesleven naar de aubergines op ons bord. Daarna werden de politiek en de aanstaande verkiezingen besproken. Iedereen zweefde. Iedereen geloofde dat we met z'n allen in een pervers spel gevangen zaten. Praten over koopkracht terwijl het smeltwater van de poolkappen over de oevers van rivieren kolkt om in de uitgedroogde grond meteen weer te verdwijnen. In weilanden waar de laatste vlinders stierven wapperden omgekeerde vlaggen met spreuken als ‘Geen voer zonder de boer’. Niemand, zei Marie, heeft het over de werkelijkheid. En Bella en Kristof en de kinderen die erbij waren geweest vertelden weer over de Italiaanse bosbranden van afgelopen zomer en we bespraken de serie zeebevingen deze winter in de Circum-Pacifische gordel. Maar we botsten tegen die dichte deur van Marie. Wat moesten we ermee? Behalve feiten en cijfers, behalve de abstractie van een ophanden zijnde ramp was er niets. Er waren geen standpunten die konden botsen, geen waarheid die inzet zou kunnen zijn van een woordenstrijd. Niets hier om gezamenlijk uit te vinden. Toen er een stilte viel aan mijn hoek van de tafel zette ik mijn nieuwe troef in, ik keek James aan en zei: Nou, vertel. Maar het werkte niet. Hij keek me aan, ik zag de verlegenheid over zijn gezicht trekken als een school vissen onder het wateroppervlak en ik schaamde me onmiddellijk voor mijn directheid. Wat wilt u dat ik u vertel? vroeg hij met een zachte stem. Zeg maar je, zei ik. Er viel een nieuwe stilte. Wat studeer je? Rechten, zei hij, en dat was het. Bee zat weer dat hoofd van haar te schudden. Of misschien had ze beginnende Parkinson. Ik dronk mijn glazen leeg, het water en de wijn. Later raakte James met Ellie in gesprek, de jongen bleek net zoals zij alles te weten over het Nederlandse punkbandje Amoc, en ze wisten ook allebei precies wat Amoc nog meer betekent: de stroming in de Atlantische Oceaan die warmte over de aarde transporteert en die volgens de jongste inzichten ieder moment tot stilstand zou kunnen komen met allerlei nog niet goed te peilen gevolgen. Ik zat met verwondering naar alles te luisteren. Marie was stiller dan gewoonlijk, ze hield haar James in de gaten, ze hield mij misschien ook in de gaten. Ik keek naar haar ernstige gezicht. Ze was nu twintig, en ik was al twintig jaar haar moeder.

20

De zwiepende tak

‘Arthur zou gaan werken in Kenia, lesgeven, Engels, aan een schooltje, als vrijwilliger. Hij was net achttien. “Uit de goedheid van zijn hart,” zei ik als mensen aan mij vroegen waarom hij dat ging doen. Het was zo, hij wilde iets goeds en iets zinnigs doen met zijn tussenjaar. Hij was een idealist, de zomer ervoor had hij samen met zijn vriend Timo op Lesbos vrijwilligerswerk in een vluchtelingenkamp gedaan. Hij was altijd ontvankelijk geweest voor het leed van de wereld, hij wilde wat doen en hij deed het. Ik ging een stukje mee. Voor Arthur was het fijn dat behalve zijn vader ook diens portemonnee meeging en voor Lily, die op dat moment nog geloofde dat een vader een schild kon zijn tussen haar zoon en de gevaren van de wereld, was het op het moment van vertrek een stuk minder eng dan als hij alleen was gegaan.’ Louis stond naar buiten te kijken terwijl hij sprak. Ik keek naar zijn rug, zijn nek met zijn haar en naar zijn benen. Er zijn twee soorten mensen, zou Bee hebben kunnen zeggen, mensen die meteen in je huis passen en mensen van wie je weet dat ze er altijd een vreemdeling zullen zijn – hoe goed je ze verder ook kent. Dat laatste leek me hier van toepassing. Het was wonderlijk om Louis, die me toch al zo vertrouwd was, en wiens eigen huis ik inmiddels zo goed kende, hier in mijn woonkamer naast mijn lelijke stoel te zien staan, als een vreemdeling. Hij had gezegd dat hij die tak, die tegen mijn raam hing, wel voor me kon afzagen. De volgende keer zou hij zijn zaag meenemen. En hoewel ik dus net zat te bedenken dat het beter was alleen nog maar bij hem af te spreken, dat ik me daar comfortabeler bij voelde, maakte mijn hart een dubbele axel toen hij dat zei, er zou een volgende keer komen, er sprak vanzelfsprekendheid en intimiteit uit die opmerking. Hij was voor het raam blijven staan en ik had de thee ingeschonken. Zodra hij was begonnen met praten wist ik dat hij me nu zijn wond ging laten zien. Ik schoof een kopje op de vensterbank binnen zijn bereik. Ik kende hem alweer veel beter, steeds beter, hij vertrouwde me meer en meer. Hij was bij me en hij begon over zijn zoon te praten, hij keek me niet aan, er zou iets belangrijks komen, ik had een verantwoordelijkheid, maar anders dan bij Bee of Kristof, of anderen, anders dan op al die momenten dat ik verlamd raakte van de zich opdringende handelingsplicht, werd ik heel rustig.

'Hij wilde een reis door het land maken. Ik zou hem een week vergezellen en daarna zou hij nog een paar dagen alleen in Nairobi zijn en dan zou hij naar zijn gastfamilie reizen in het dorp waar de school was waar hij zou werken, twaalf weken lang. We zouden bavianen en buffels en olifanten bekijken in de Chyulu Hills. Kenia was een veilig land, zolang je niet naar de oostgrens ging. We vlogen naar het Afrikaanse continent, over een zee waar mensen in te vol gepakte boten hun leven riskeerden voor de omgekeerde weg. Ik wist het, ik aanvaardde de wereld en de ongelijkheid in de wereld als een pijnlijk gegeven en niet als een oplosbaar probleem. Je kon vrijwillig lesgeven op een school in een stoffig dorp, je kon de plaatselijke toeristeneconomie spekken, je kon thuis op een fatsoenlijke partij stemmen. Je kon in de kleine cirkel om je heen een goed mens trachten te zijn, niet wegkijken als het onrecht zich voor je ogen voltrok en ingrijpen als dat kon. Je kind opvoeden met een besef dat het kwaad in alle mensen zit, dat onze welvaart de grond voor de vrede is en niet onze morele superioriteit, en dat er omstandigheden kunnen aanbreken waarbij je al je krachten nodig hebt om het goede te doen. Meer was er niet. We huurden een auto en het plan was om van Mombassa naar het noorden te rijden. We hadden een mooie avond gehad op het dak van ons eerste hotel, met blikjes bier en hartige pasteitjes. Ik wil het niet romantiseren maar het was bijzonder, we zongen in de auto en we lachten, uitbundig, we haalden herinneringen op aan het jongetje dat hij geweest was. Zo buiten het gezinsverband en ver van huis was hij opener en ik geïnteresseerder. Hij preekte tegen me over onrechtvaardigheid en verantwoordelijkheid. Ik genoot van hem, van zijn wilde engagement, van zijn oprechtheid. Ik ergerde me misschien ook wel, aan zijn betweterigheid, maar de herinnering daaraan is door wat erna kwam teloorgegaan. Hij was haast volwassen, hij zou het de komende tijd misschien versneld worden. Op de tweede dag, we waren te laat, we hadden niet na zonsondergang willen rijden, maar we hadden ons verkeken op de afstand naar het volgende doel, werden we klemgereden op een verlaten weg. Drie jongens trokken ons de auto uit en terwijl een van hen ons bedreigde met een revolver en bijna aan één stuk door tegen ons stond te schreeuwen, hevelden de anderen onze spullen over in hun auto. Daarna moesten we onze zakken leegmaken en onze horloges afdoen en ik mijn trouwring en Arthur zijn kettinkje, maar dat laatste wilde hij niet. Het zijn maar spullen, riep ik naar hem, en hij zei weer "No way" tegen die jongen en ze sloegen hem met het pistool tegen zijn hoofd. Ik hoorde hem schreeuwen en ik hoorde die jongens schreeuwen en ik wilde naar hem toe maar ik kreeg een schop tegen mijn benen en ik viel op de grond. "Don't touch my father," hoorde ik Arthur schreeuwen. En ze sloegen hem weer en ze trapten mij en het was donker behalve twee bundels licht van de koplampen van onze auto.' Louis haalde adem. 'Ik hoorde ze met elkaar discussiëren in het Swahili, ik verstond het niet, ze waren het oneens, ze schreeuwden niet meer alleen tegen ons maar ook tegen elkaar. Ik riep naar Arthur dat hij alles moest afgeven en zij zeiden dat ik mijn kop moest houden en Arthur brulde in het Nederlands dat we moesten wegrennen.' Louis zweeg even, als om het uit te stellen, of het lot de kans te geven de afloop te veranderen, of om zijn stem een bodem te geven. 'En toen ineens werd er geschoten, twee keer. Ik dook in elkaar in de berm en ik hoorde Arthur niet meer. Ik hoorde alleen nog die jongens, hun paniek. Ik hield me stil, lag daar en bewoog me niet.'

Na een tijdje had Louis zich omgedraaid en was hij met zijn rug tegen het raam op de vensterbank gaan zitten. Hij keek me even aan en hij at alle chocola op en keek toen weer naar buiten. 'Ze reden weg, met beide auto's. Ze lieten mij, zonder auto, zonder geld, zonder telefoon, zonder trouwring, zonder iets, achter met Arthur. In het donker, ik kon hem haast niet zien, zat ik met hem langs de kant van de weg.'

De tak veegde tegen het raam.

'Ze zijn niet gepakt, de auto is nooit teruggevonden. Ik geloof wel dat er een serieus politieonderzoek heeft plaatsgevonden. Mensen zeiden tegen me dat het domme pech was, dat je ook in Nederland of in Frankrijk slachtoffer kunt worden van een uit de hand gelopen beroving, dat het een tragedie was op individuele schaal, geen wraak op de Europeaan, geen straf voor hem of mij, geen straf voor zijn euvele moed een rol te willen spelen in een zieke wereld. Mensen zeiden dat er niets was wat ik anders had kunnen doen. En bijna was ik mee, maar met die laatste opmerking verspeelden ze hun geloofwaardigheid, want het was natuurlijk wel degelijk mogelijk geweest dat iets in mijn gedrag het verloop van de overval en de gebeurtenissen daarna zou hebben kunnen veranderen. Dat kreeg ik niet opgelost. Eigenlijk waren beide mogelijkheden onverdraaglijk: iets kleins dat de loop der dingen had kunnen veranderen, of niets kleins dat de loop der dingen had kunnen veranderen. Oneindig verantwoordelijk, of oneindig machteloos. Niets hielp. Therapie ook niet. Ik denk dat therapie alleen werkt als je daar... ik weet niet. Het verminderen van mijn lijden leek me een vorm van verraad, ik wilde niet genezen.'

Louis had heil gezocht bij de vriend van zijn zoon, Timo, op zijn braakliggende terrein in Twente, hij begon daar zijn vaderlijke gevoelens heen te brengen, financiële steun, contacten die hij had in Spanje die die jongens zouden kunnen helpen met hun plannen, totdat Timo hem op een dag liet weten dat allemaal niet te willen. Pas toen hij, deze Timo, hem de deur gewezen had, stortte Louis echt in elkaar. Hij kon met Lily niet praten want Lily wilde niet praten, die wilde zijn gedachten niet, die wilde zijn woede niet, wilde zijn machteloosheid niet, wilde zijn schuld niet. Zij wilde verlossing en ze begon naar de kerk te gaan. Zij zocht een waarheid waar alles in paste en hij verafschuwde dat in haar en voelde zich in de steek gelaten omdat ze hem niet kon bereiken, omdat zij hem niet kon troosten. En hij maakte het zelf ook onmogelijk want hij kon op zijn beurt ook haar niet troosten, en hij vond vooral dat hij zelf ook helemaal geen recht had op troost. En ik dacht, terwijl ik naar Louis luisterde, ook even aan mezelf vroeger, toen ik vond dat mijn moeder geen recht had op mijn verdriet om mijn vader. Wie schuld heeft verdient het verdriet niet, niet dat van zichzelf en niet dat van een ander, die moet boeten. Ik vroeg Louis hoe hij zichzelf had gestraft. Hij zei dat hij zichzelf op vele manieren had gestraft. Dat zelfs samenwonen met Annemarie een onderdeel was van de straf. Samenwonen, als een poging om zich weer tot een leven te verplichten in plaats van het bijltje erbij neer te gooien.

'Dat kettinkje?' vroeg ik.

'Ja,' zei Louis. 'Geen idee. Op zijn uitvaart heeft niemand zich gemeld. Ook Timo wilde er niets over zeggen.' Ik schonk nu een klein beetje whisky in onze theekopjes, het was donker geworden buiten, ik zag Louis twee keer, een keer echt en een keer in de weerspiegeling van het raam, daar met een wazig voorkomen, de Louis zoals hij zich voelde misschien. We dachten aan het feit dat er iemand op de wereld was die hem een kettinkje had gegeven dat Arthur niet had willen afstaan toen er een pistool op hem gericht was en dat diegene zich nooit bekend had gemaakt. Ik dacht aan de armband die Louis had gekocht voor Eva Wilterdink. Ik dacht aan mijn vader. Ik dacht ook aan Ellie, die een tijdlang dacht dat Felix haar vanuit het dodenrijk probeerde te bereiken. Zij had ontmoetingen met dieren, een hond op straat met nergens een baas te bekennen, een vogel op de vensterbank aan de andere kant van het raam, een keer een geweldig groot hert in het bos. Die dieren bleven stilstaan en ze keken haar aan. Ze zei dat ze zeker wist dat hij het was.

'Het is niet zo dat ik door deze gebeurtenis de man niet meer ben die ik vroeger was. Dat denkt Lily, maar dat heeft ze verkeerd. Ik ben die man nooit geweest. Ik ben alleen maar opgehouden hem te spelen.'

Ik stond op en legde Louis' hoofd tegen mijn borst en streelde zijn haar. Ik streelde zijn haar en ik keek uit het raam, naar de boom, naar de tak, naar de donkere lucht. Het weekend voor zijn dood had mijn vader ons afgezegd, hij voelde zich niet lekker, zei onze moeder. Wat heeft hij dan, had ik gevraagd. Wat hij altijd heeft, zei ze. Wat heeft hij dan altijd, had ik gevraagd. Ze gaf geen antwoord. Als hij het altijd heeft, waarom zegt hij ons dan niet altijd af? Als ik aan vroeger denk, zie ik mezelf vragen stellen aan de rug van mijn moeder. Tot ik ermee ophield haar iets te vragen en zelf op haar vragen ook geen antwoord meer gaf. Tien dagen na dat afgezegde weekend was hij dood. Moeder zei dat hij was gestorven aan een hartstilstand, wat formeel waar was want de pillen die hij had genomen hadden een hartstilstand tot gevolg gehad. Ik denk dat mijn moeder dacht dat de daad van mijn vader een ultieme schreeuw was om haar aandacht en dat ze hem die tot het bittere eind niet wenste te geven. Ik zei jarenlang, als ik al iets zei, dat mijn vader was overleden aan een machtsstrijd met mijn moeder. Kristof zei: Jouw vader is overleden aan zijn depressie, en Bee was de eerste die gewoon zei dat hij zelfmoord had gepleegd. Ze vond dat ik daarmee aan de slag moest, of ik er nou last van had of niet. Omdat het leven krijgen van iemand die dat zelf de moeite niet waard vindt hoe dan ook een probleem is waarvoor je hulp moet zoeken. Ik weet vrij zeker dat het heel verstandig is dat ik dat niet heb gedaan. Je laten behandelen is het aanvaarden van een bepaald mensbeeld. Ik heb de overeenkomsten tussen de mensen nooit als een troost ervaren, misschien doordat ik me zo vaak zo vreemd voelde onder hen. En ik geloof dat het cultiveren van een hyperindividuele blik op de zaak soms ook je redding kan zijn.

Hoe dan ook, het verhaal van de dode zoon overspoelde me met herinneringen aan de dood van mijn vader, maar met Louis sprak ik daar nog niet over, ik wachtte op een goed moment, op een behoefte. Na Bee, die vond dat de gedachten en de gevoelens altijd maar uitgesproken moesten worden, was het heerlijk om van Louis zijn verhalen en zijn gevoelens te krijgen zonder dat er onmiddellijk met gelijke munt moest worden terugbetaald. Was de gelijkwaardige relatie niet net zoiets krankzinnigs als therapieën die van elk mens een oplosbare puzzel wilden maken?

Ik vree met Louis in mijn bed, voor de eerste keer in mijn bed, voor de eerste keer met een ander dan Bee in dit bed, tussen mijn lakens van Egyptisch katoen, ik streelde de vader die zijn zoon was verloren en zijn geloof in een rechtvaardige wereld was verloren, ik kuste en troostte hem die vond dat hij geen recht had op troost en ik troostte mezelf met hem. Hij sliep in mijn armen zoals ik vroeger soms in de armen van Bee sliep, maar hij kon zich daar veel beter aan overgeven dan ik ooit had gekund.

21

Als een schimmel of een HeLa-cel

Ik publiceerde mijn artikel, low profile, op een niet-commerciële site voor wetenschappers, niet voor het publiek. De eerste dagen gebeurde er niet veel. Op een middag lanterfantte ik wat in de keuken van het lab en vertelde ik Jane over mijn artikel. Zij nodigde me uit er een glas wijn op te drinken. We spraken af voor de volgende dag. En neem Louis mee, zei ze. En dat deed ik. Ik nam Louis mee. Hij kende mij op dat moment een maand of drie. Sinds hij me over de dood van Arthur had verteld en ik nog dieper tot hem doorgedrongen was, nog verder tot hem toegelaten was, was er haast geen moment meer dat hij niet in mijn gedachten was. Ook als ik in het lab was en mijn bacteriën bekeek dacht ik aan hem. Zijn verdriet had zich vermengd met elk verdriet dat ik ooit had gehad. Ik was het onderscheid tussen ons beiden behoorlijk aan het verliezen. Ik kwam nog steeds met regelmaat bij hem thuis als hij er niet was. Ik wist de toegangscode van zijn laptop en, omdat dat niet zijn geboortejaar of zijn verjaardag was, vermoedelijk ook zijn pincode – en las zijn mails. Ik las werkmails en privémails, hij beitelde zijn zinnen, formuleerde elegant, soms op het barokke af en hanteerde een poëtische interpunctie. Ik zocht in en tussen de regels naar wie hij was.

Ik vond een dichtbeschreven kaart aan mij maar zonder adres nog, op de voorkant het voor-, zij- en achteraanzicht van de eerste microscoop van Antoni van Leeuwenhoek, buitengewoon attent gekozen, vond ik, de achterkant las ik niet, nog niet, ik verheugde me op de dag dat hij bij mij op de mat zou vallen.

Ik had ook gezien dat er in de conceptenmap een mail aan Eva stond waarin hij zei dat het niet aan haar lag, dat het aan hem lag, dat hij het was die tekortschoot, dat hij er niet aan toe was, niet toe was aan de vorm die zij eraan wilde geven, dat hij van haar hield, dat ze zo mooi en zo lief was, dat het zijn tekortschieten was, alles alleen maar zijn tekortschieten. Ik vond het iets te veel van het goeie, en haalde één keer 'tekortschieten' weg, ik moest mezelf bedwingen om niet méér te herschrijven. Mooi was ze inderdaad, als je ervan hield, maar lief? Ik vond sowieso helemaal niet dat het aan hem lag. Ik vond dat het aan haar lag: zij kon dan wel mooi zijn, maar ik wist dat Louis in plaats van een man uit één stuk een man in stukken was en ik meende dat Eva de verbeeldingskracht miste om echt van hem te kunnen houden. In de zoekgeschiedenis van zijn browser zag ik dat hij zich in mij verdiept had. Hij had microbiologie en bacteriën en virussen gegoogeld en mijn pagina op de universiteitswebsite bekeken, hij had doorgeklikt op verwijzingen naar artikelen die hij niet kon lezen omdat ze achter een betaalmuur zaten. Hij had een afbeelding van mijn gezicht in de favorieten van zijn fotomap opgeslagen. Hij had een tante die hij mailde over dingen die hij had uitgezocht rondom de verhuizing van haar man naar een verpleeghuis, geschreven dat er van alles in beweging was in zijn leven, dat hij iemand ontmoet had, dat hij 'zo nu en dan, daadwerkelijk, gelukkig was'.

Hij zou naar het lab komen om vandaar met mij naar Jane en Sicco te gaan. Louis voelde zich bezwaard tegenover Eva nu hij met mij bij mensen op bezoek ging. 'Als een paar de wereld in,' noemde hij het. Hij voelde zich meer bezwaard daarover dan over de intimiteiten tussen ons – die waren namelijk van een heel andere orde dan de intimiteiten tussen hem en Eva, zei Louis, en ik noteerde dit onderwerp als een mysterie waar ik in moest duiken. Wat was er anders? Zat dat in ons, in zijn gevoel voor mij, of in mijzelf persoonlijk? Even vlamde het oude gevoel op de afwijkende te zijn, de dwaas, degene die niet weet hoe het werkt, degene met wie intimiteit van een heel andere orde is. Maar toen wist ik me weer op hem te concentreren en toen wist ik ook weer dat de intimiteiten tussen hem en mij, van welke orde dan ook, volgens wiens ordening dan ook, van een grote, diepe waarheid getuigden, dat het mijn scherpte en het gevoel van geluk deed woekeren als een schimmel, of als een HeLa-cel, dacht ik. Ik vond het verschil dat hij zag tussen de wereld in gaan en in bed liggen een nieuw element om te rechercheren, maar het leek me ook weinig rationeel. Als wij namelijk nooit in bed zouden liggen, zou hij met een gewone vriendin of een kennis iets ondernemen in de wereld, de associatie met een paar kon alleen maar komen doordat we ook met elkaar vreeën. Zijn specifieke gêne daarover voegde ik toe aan mijn beeld van hem: een man die belang hechtte aan het beeld en aan de conventie, die – ik had die ansichtkaarten van zijn vader gelezen – een gereformeerde omgang met schuld had: stiekem kan er veel, maar openlijk rebelleren of je eigen weg gaan is niet goed. De levenswijze van een schijnheilige. Het woord schijnheilig kreeg nu het op Louis werd toegepast ineens glans, zo vol was ik van hem, zo verstrikt was ik in mijn verliefdheid, alsof hij een vloeistof was waarmee ik doordrenkt was. Conventiedrift, schuldgevoel, het stiekeme, het was allemaal onderdeel van het schitterende mysterie dat hij was.

Hij haalde me op bij het lab, ik liet hem mijn werkplek zien. Ik vertelde hem over de modelbacteriën en hun gedrag en over cellen in kweekbadjes, ik liet hem ruiken aan de chemicaliën, ik vertelde over de onverwoestbaarheid van virussen, de resistentie tegen antibiotica en over stammen en genetische variatie en hoe bacteriën elkaar beïnvloeden, ik deed een wilde greep uit het hele arsenaal, en hij begreep het niet allemaal maar vond het toch mooi. Ik liet hem mijn kweken zien als een schat, ik vertelde over de *Leptotrichia animalis*, en hoe deze bacterie de groei aanzienlijk kon doen versnellen en cellen tot een grotere dichtheid kon laten groeien.

'De groei waarvan?' vroeg Louis.

'Van kweekvlees bijvoorbeeld,' zei ik en ik dacht aan Marie, en haar preek over de biefstuk. 'Of van tumoren.'

Ik vertelde hem over de HeLa-cel, een onsterfelijke kankercel die zich in principe onbeperkt kan blijven delen – en die net per abuis in mijn gedachte opgedoken was als metafoor voor mijn geluk met hem, met Louis. Hij kuste me.

'O jee,' zei hij, 'geluk en kanker, niet voor de hand liggend.'

Louis meende dat mijn vak een beter vak was dan het zijne. Hij was als historicus, en nu in zijn baantje als geldverdeler ook, voortdurend met de geïnterpreteerde wereld bezig, met de verhalen erover, de moraal ervan, de idealen, met alle strijd en alle ellende ook, en dat greep hem sinds de dood van Arthur vijf jaar geleden aan, als een spel dat hij niet langer onder de knie had. ‘Er was een tijd,’ zei hij, ‘toen ik begon, dat het engagement in de kunsten, waar de barones zo veel van hield dat ze er ook na haar dood nog haar geld aan wilde spenderen, mijn oprechte belangstelling had. Ik meende, met die makers, dat het theater iets kon wat de wetenschap niet kon: je iets verbeelden, en wat de journalistiek niet kon: de waan van de dag ontstijgen. De kunst zou ons een lesje leren over de wereld van vandaag, de machinaties van de macht tonen, onze hypocrisie aan de kaak stellen.’ ‘En nu dan?’ vroeg ik toen het een halve straat lang stil gebleven was. ‘Ach,’ zei hij, ‘ik ben van veel illusies genezen.’ Terwijl we liepen door de straten van de stad waar we al jaren op een steenworp afstand van elkaar woonden zonder te weten van elkaars bestaan, terwijl we praatten over alles en elkaar voortstuwden in de gedachte, pakte hij mijn hand en zo liep ik hand in hand met Louis Kosta. ‘Wat zou je gaan studeren als je nu achttien was en opnieuw kon kiezen?’ vroeg ik. ‘O,’ riep hij, ‘die is goed!’ En hij zei: Wiskunde en natuurkunde en scheikunde en alles wat niets met de wereld te maken heeft. Ik zei hem dat dat alles met de wereld te maken heeft, dat het over de grondstoffen van de werkelijkheid gaat, en dat ik de laatste tijd leerde dat de omgang daarmee net zo goed ideologisch is. En hij zei dat hij er toch geen talent voor had, dat hij niet kon denken zoals ik. Hij zei: Je weet toch wel dat mensen zoals ik een diepe bewondering hebben voor mensen zoals jij? Ik zei dat de bioloog en de historicus samen in dezelfde wereld leefden en ook allebei dezelfde wereld bestudeerden. De avondlucht was precies goed. Hij vertelde me dat hij na de dood van Arthur een jaar of twee geen romans had kunnen lezen, dat hij er niet meer tegen kon, tegen de fantasie van schrijvers, hun causaliteit en sluitende verklaringen, het idee dat een mus met reden van het dak valt, de leugen van de samenhang. 'En toen,' vroeg ik, 'wat gebeurde er na die fictieloze jaren?' 'Toen ging ik weer lezen, omdat we zonder alle verhalen toch wel echt hopeloos alleen zijn.' Misschien sloeg 'we' op zijn gezin dat geen gezin meer was maar was veranderd in twee losse zielen elk op een eigen adres. Of misschien sloeg 'we' op de mensen in het algemeen. 'Ben jij een lezer?' vroeg hij me. Ik lachte naar hem. Hij lachte naar mij. 'Laten we samen lezen,' zei hij toen, 'laten we elkaar voorlezen.' Hand in hand nog steeds liepen we de straat in waar Jane en Sicco woonden, maar ik wilde dat dit zo voortduurde dus liet ik ons zonder iets te zeggen hun huis voorbijlopen, de straat uit en de hoek om. Ik dacht aan mijn vader en de brieven waarvan ik wist dat die bij Ellie op zolder lagen, de brieven die ik jarenlang vergeten was. Ik begreep niet waarom ik tegenwoordig zo vaak aan hem en onze jeugd moest denken. 'Vertel me eens over je zussen,' vroeg ik Louis. Hij vertelde dat een van hen een lichtpunt was geweest in zijn kindertijd, dat zijn herinnering aan koestering en veiligheid bij haar hoorde, veel meer dan bij zijn ouders. Maar dat ze nu, net als de oudste zus, geen rol meer speelde in zijn leven. Ze zagen elkaar de laatste twaalf jaar één keer per jaar, op de sterfdag van hun moeder. Ik voelde de warme hand van Louis in de mijne en keek opzij en zag hoe hij opzijkeek en naar mij keek, ik dacht aan die keer dat ik, verscholen in de wc beneden, Louis met Eva had horen vertrekken, de avond waarop ik bij hun thuiskomst verscholen had gezeten in de kast in zijn slaapkamer, de avond waarop Eva dat had gezegd van die rots. Een sleutelmoment in onze relatie, al kende Louis mij toen nog niet. Wat heerlijk was het dat hij geen ambities had om rots te zijn! De mensen die de rots in mijn branding hadden willen zijn hadden mij stuk voor stuk schipbreuk laten lijden. Ik dacht: de mensen willen de gekste dingen zijn voor elkaar, rotsen en ankers, een constante, steunpilaren, een bedding, een bestaansreden, een legitimering, een maatje, een geweten en een thuis. Maar dat interesseerde mij allemaal niet. De intelligente, beschadigde, schuldige Louis was precies wat ik wilde hebben. 'Uiteindelijk,' zei ik tegen hem op de stoep voor de deur van mijn collega, 'zal je me alles vertellen, alles laten zien, al je verdriet, al je geheimen.' Hij bloosde en keek naar de grond. Ik bleef wachten tot hij me weer aan durfde te kijken.

Van de avond bij Jane en Sicco herinner ik me Louis, zijn stralende aanwezigheid, zijn uitstekende conversatie, mijn eigen gevoel dat het van mij was wat ik kwam laten zien, iets wat ik van de andere kant kende van de keren dat ik me tot de bezitterigheid van Bee heb moeten verhouden. Ik kende het zelf nog niet, maar daar was het: van mij, van mij, dacht ik, hij is de mijne. Hij was opmerkzaam, dat herinner ik me ook van die avond. Hij liep door de gang en bekeek daar stuk voor stuk alles wat aan de muren hing, alles waar ik al die jaren gedachteloos langs was gelopen.

'Hé, wat leuk, wat is dit voor een schilderijtje?' Het was inderdaad een leuk schilderijtje, van een lezend meisje op een bank met twee hoofden die van achter de leuning meekeken op de bladzijden van het boek op haar schoot.

'Dat ben ik!' zei Jane, en ze noemde de naam van de schilder die Louis wel van naam kende, niet de eerste de beste, als ik het allemaal goed begreep. Dus al die jaren hing Jane daar met haar broertjes in de hal, maar ik had Louis moeten meenemen om het te zien. Op een gegeven moment, we zaten nu niet meer aan tafel maar in de zitkamer, die zij de salon noemden, vroeg ik Sicco een geval te beschrijven. Hij vertelde ons dat hij een aantal tamelijk saaie gevallen had: kleine problemen, burn-outs, mensen die hij wel kon helpen, die hij ook graag hielp – zo haastte hij zich ons te verzekeren, alsof hij niet wilde dat wij zouden denken dat een therapeut zich kon vervelen bij zijn patiënten – maar die hem niet aan een goed verhaal hielpen voor mij.

'Waarom heeft Nicola een goed verhaal nodig?' vroeg Louis.

'Tja, waarom,' zei Sicco. 'Dat is een goeie vraag.'

'Nou, nodig, nodig,' bromde ik.

'Iedereen heeft een goed verhaal nodig,' zei Sicco, 'zeker als je zoals Nicola de hele dag met de wanordelijke werkelijkheid van de natuur te maken hebt,' en hij vertelde over de tijd dat hij nog als academicus werkte en niet als therapeut en onderzoek deed naar de geschiedenis van zijn vak. Hij vertelde hoe het literaire in de psychologie in de tweede helft van de twintigste eeuw steeds meer werd vervangen door het kwantificeerbare. Hij vergeleek het met een man die zijn fietssleutels zoekt onder een lantaarnpaal, niet omdat hij ze daar is verloren, maar omdat daar licht is.

'Heb jij behalve een goed verhaal eigenlijk ook zelf therapie nodig?' vroeg Louis aan mij, speels.

Sicco antwoordde dat ik wel geïnteresseerd was in de mensen op zijn sofa maar zelf dacht dat ik op die sofa weleens geïnfecteerd zou kunnen worden met ondermijnende clichés. 'Nicola denkt dat daar niets te winnen maar wel iets te verliezen is.'

'O ja?' vroeg Louis, naar mij kijkend, 'denk jij dat?'

'Ja,' zei ik, 'je hoeft geen psycholoog of kwantumfysicus te zijn om te begrijpen dat de kijker het bekekene beïnvloedt.'

Sicco vertelde ons over een familie met een erfelijke doodswens. Drie generaties mannen hadden er een einde aan gemaakt. De man die bij Sicco kwam had zijn vader verloren die zijn vader had verloren die zijn vader had verloren. Deze man was zelf niet belast maar verloor zijn zus aan suïcide en nu zag hij hoe zijn puberzoon zich terugtrok en sloeg de paniek toe. Hoe kon hij zijn kind redden? Zijn kind ontkende dood te willen. Verder wilde de jongen er niet over praten en wilde hij ook niet mee naar de psycholoog. Ik geloof niet dat ik Jane en Sicco ooit verteld heb over de dood van mijn vader, of over mijn moeder die mijn zusje in de gaten hield om te zorgen dat ze niet net zo zou worden als hij.

'Als je die zoon niet te spreken krijgt, wie behandel je dan?'

'We praten over zijn angst en het gemis van zijn zus en zijn vader. Ik probeer hem te helpen om zich te ontspannen.'

'Moet hij zijn zoon geloven, denken jullie, als hij zegt dat hij niet dood wil en met rust gelaten wil worden?' vroeg Louis aan Sicco.

'Bestaat het zelfmoordgen? Weten jullie dat?' vroeg

Louis aan Jane en mij. Maar ik dacht aan suïcidale bacteriën. Niet zo lang geleden was aangetoond dat ook de meest bestudeerde bacterie ter wereld, de darmbacterie *E.coli*, soms zelfmoord pleegt. Met behulp van de fluorescentiemicroscoop was een massale zelfmoordgolf in kaart gebracht. De oorzaak was niet duidelijk maar de onderzoekers veronderstelden dat het motief altruïstisch was; door zich te suïcideren hielpen de bacteriën hun naasten overleven. 'Een ouder weet soms maar weinig van zijn of haar kind,' zei Louis, 'hoe dicht ze ooit ook bij je waren, op een dag worden het vreemdelingen.' Louis dacht ongetwijfeld aan zijn dode zoon. Ik dacht aan zijn dode zoon. En zo leek het even dat de avond zou eindigen met een mineurakkoord waarin onze geschiedenissen onuitgesproken meetrilden. Maar toen werd op een heel natuurlijke manier het onderwerp afgesloten en sloegen we andere paden in, minder gevoelig, minder ingewikkeld, niet oppervlakkig maar luchtiger. De zelfmoordenaars verdwenen uit de kamer, kinderen en ouders die vreemdelingen voor ons waren verdwenen naar de achtergrond. We lachten. We dronken nog een glas. Toen ik naar de wc ging keek ik naar Jane als kind op het schilderij. Ik genoot van de avond, we lachten met elkaar, soms legde ik even mijn hand in de nek van Louis Kosta – van mij, van mij.

22

Brieven

'Kijk,' zei hij, 'ik stam af van een junglekoningin en jullie dus ook. Onze voormoeder heerste over een enorm grondgebied waar dieren en mensen vredig samenleefden. Haar paleis was opgetrokken tussen eindeloze zuilen van bomen, stammen als enorme kolommen waar geen einde aan leek te komen de hemel in, daartussen ragfijne gordijnen van gebladerte in tientallen schakeringen groen. Daar zat zij de hele dag het voedsel te herverdelen en conflicten op te lossen en te zorgen dat alles in haar enorme rijk gesmeerd liep, en dat was zo veel werk en daarvan werd ze moe, maar ze mocht niet moe zijn want dat kon niet en daarom kon ze niet uitrusten en daarom is die moeheid doorgegeven aan volgende generaties en soms kwam dat eruit en soms niet, en bij mij is hij nu tot volle bloei gekomen, de moeheid van eeuwen, die heb ik gekregen en die moet ik eruit zien te slapen en daarom is het zo.'

Ellie en ik lagen bij hem in zijn bed. Hij was even opgestaan om ons te ontvangen. Onze moeder had kritisch naar zijn verfrommelde kleren staan kijken; maar hij was in elk geval aangekleed, zal ze gedacht hebben. Zodra ze de straat uit was en hij ons wat koekjes had gegeven was hij weer in bed gaan liggen. Zo ging het vaak, hij lag het hele weekend in bed. Hij vertelde verhalen. Hij sliep. Soms gaf hij instructies, soms alleen geld waarmee we friet of pizza's gingen halen. Hij beweerde dat hij de hele week gewerkt had zonder te slapen en dat hij daarom zo moe was. Of hij zei dat hij een heel speciaal beroep had, dat enkel in dromenland kon worden uitgevoerd. Of variaties op het verhaal over de junglekoningin. Maar soms was hij ook te moe voor verhalen, te moe om antwoord te geven. Dan keken we films zonder hem en brachten hem friet of boterhammen op bed. Voor we opgehaald zouden worden maakten we hem wakker.

'Wat is er?'

'Ze komt zo.'

'Wie komt er zo?'

'Mama. Kitty.'

En dan kreunde hij en sleurde hij zich het bed uit en stak hij zijn hoofd onder de kraan. Wij gooiden de asbak naast zijn bed leeg en ruimden de pizzadozen op. Hij bood haar altijd koffie aan en zij zei altijd nee en ze wist niet hoe snel ze ons in de auto moest duwen en naar huis moest rijden waar we onze vader van ons af moesten wassen en zij al onze kleren in de wasmachine propte en daarna woedend vieze maar gezonde dingen ging staan koken.

Laat op de avond waren Louis en ik van Jane en Sicco naar huis gelopen, naar zijn huis gelopen, we gloeiden van geluk, dat kan ik rustig beweren. Hoe kan het dat je in mijn leven bent gekomen? Zoiets zei hij. Hoe had ik niet in je leven kunnen komen? Zoiets zei ik. Dwaasheden die verliefde mensen zeggen, maar als ze het allebei zeggen, wat is er dan tegen? Wat is de realiteit? Wat is de waanzin? Wat is het bezwaar? Ik dacht aan hem, aan zijn huis, aan zijn bed, aan zijn lichaam. Ik dacht geloof ik helemaal geen seconde aan Bee, misschien dacht ik even dat ik daadwerkelijk over haar heen begon te komen. Maar zeker weten deed ik het niet. Alleen mensen die het niet kennen denken dat zoiets als liefdesverdriet lineair verloopt: eerst ben je boos en dan verdrietig en dan wordt dat steeds minder en tot slot legt het vuur van de liefde voor een ander het laatste restje pijn in de as. Niet dus. Het gevoel beperkt zich ook helemaal niet tot de kwestie waar zij thuishoort. De dood van Felix laaide steeds feller in me op. Waarom? Omdat elk verlies andere verliezen in herinnering brengt, al het verlorene in je activeert. Was die dode vader van mij in het kielzog van het verlaten worden door Bee komen opzetten zoals onkruid, zoals klaver in het gras? Maar hoe stond dit alles in verbinding met deze verliefdheid op Louis? Was het vanwege dat geopende hart, de verhevigde aanwezigheid, de ontvankelijkheid dat al die gevoelens in me opschoten? Is het die mengvorm van opgaan in de ander en afdalen in jezelf? Was verliefdheid op geheel eigen wijze een vorm van verlies, van zelfverlies? Of was dit hier geen algemeen verschijnsel maar iets van mij in het bijzonder? Was ik net zoals mijn celkweek in het lab onderhevig aan iets wat de groei van dingen aanjoeg? De groei van mijn herinnering, de groei van mijn verlangen, de groei van mijn verdriet. Vol van deze gedachten was ik stilletjes opgestaan. Ik had Louis in diepe slaap achtergelaten. Ik had te veel gedronken de avond tevoren bij Jane en Sicco en te weinig geslapen die nacht, maar het deerde me niet, het gaf eerder een gevoel van urgentie en kracht. Ik moest de dood en het leven van Felix, nu die geschiedenis zich zo onverwacht maar hevig aan me opdrong, in zijn volle omvang onder ogen zien, dacht ik.

'Ellie,' zei ik, 'ik wil even naar je zolder, ik wil die dozen van Kitty bekijken.' Ik had niet eens hallo gezegd, zo recht ging ik op mijn doel af. Ik duwde haar haast terug haar hal in en ze zei: 'Moet dat nu meteen?' Het was half acht 's morgens, ik wist dat ze al vroeg naar haar werk ging en ik wilde haar per se nog thuis treffen. Ik draaide me om en ik nam haar gezicht even tussen mijn handen en ik zag dat haar ogen moe stonden en ik zei: 'Elsje, zeg het, waar staan ze precies?' 'Geen idee,' zei ze, 'zoek maar. Geen troep maken alsjeblieft!' En ze liep terug naar haar havermoutpap. Die pap had ze meegenomen uit onze jeugd, ik gruwelde ervan, van de pap en van de herinnering aan Kitty's keuken. Later riep ze beneden aan de vlizotrap tegen me dat ze naar haar werk ging, en nog iets later kwam haar man Sjoerd me koffie en koekjes brengen, hij schoof het, zelf half uit het luik stekend, naar me toe op een blaadje, als naar een dier in zijn hok. 'Wij zijn nu allebei weg,' zei hij. 'Alles goed?' vroeg hij toen. Ik moet hem hebben aangekeken als een dwaas of iemand die geen Nederlands verstaat. Na een korte stilte zei hij: 'Never mind' en verdween in het gat in de vloer. Kort daarna sloeg de voordeur dicht en was ik alleen. Ik dronk de koffie op en spreidde de brieven die mijn vader ons als kinderen geschreven had en die mijn moeder ons onthouden had uit op de vloer. Het waren in totaal veertien brieven, zeven ervan waren opengemaakt en zeven niet. Je zal maar brieven schrijven die meer dan dertig jaar later nog steeds door niemand zijn gelezen. Maar nu was ik er. Eindelijk. Ik was er. Ik begon te lezen. En toen belde Jane.

‘Wat een avond,’ zei ze.

‘Ja. Het was erg goed,’ zei ik.

‘Die Louis,’ zei ze.

‘Nou hè?’ zei ik.

‘Maar daar bel ik niet voor.’ Ik keek op mijn horloge. Werd ik op mijn werk verwacht?

‘Je hebt je mail nog niet gezien zeker?’

‘Nee.’

‘Waarom heb je niets verteld?’

‘Niets verteld?’

‘Niet echt. Dit zou weleens iets heel groots kunnen zijn!’

Ik besloot mijn doorbraak aan zichzelf over te laten. Ik stelde me even voor hoe er in laboratoria op allerlei plekken op de wereld wetenschappers met open mond naar mijn bevindingen zaten te kijken, kweekjes in stelling brachten, *Leptotrichia* bestelden bij de nationale stammencollectie om met eigen ogen het bewijs te zien van wat ik had beweerd. Mijn telefoon zette ik uit. Ik had eerst iets anders te doen.

Een paar uur later had ik die brieven op volgorde gelegd en meermaals gelezen en zat ik, ja wat eigenlijk: te verwerken, te overdenken wat ik had gelezen? Ik zat met mijn rug tegen de betimmering.

In een aantal brieven toonde Felix zich de vader die ik mij het liefst herinner, de fantast, de verhalenverteller, de man die van ons hield. Dat zei hij ook. ‘Ik houd van jullie als van niets anders in dit leven jullie zijn mijn lifeline.’ Hij schreef al zijn zinnen zonder komma’s en punten achter elkaar. Hij schreef dat het van onze moeder en van de dokters niet mocht, kinderen hebben als een reden om te leven, het zou ons kinderen te zwaar belasten met verantwoordelijkheid.

'Ik moet eerst zelf op eigen houtje van het leven houden jullie mogen niet de zuil zijn waarop ik mijn leven zet ik mag jullie niet verpletteren onder mijn gewicht.' Felix was dik. Maar hij bedoelde zijn gewicht in overdrachtelijke zin, het gewicht van zijn stemming, het gewicht van de duisternis die hem in zijn greep had. 'Ik mag jullie alleen maar twee van de veertien dagen hebben zodat jullie onthouden dat je een vader hebt en zien wat voor een waardeloos figuur hij is.' In een van de wel geopende en dus door mijn moeder gelezen brieven stond: 'Zij is boos over de taak jullie op te moeten voeden maar wil die last niet met me delen ze is boos moeten jullie weten in jullie ziet ze mij in jullie ziet ze alle verkeerde beslissingen in haar leven.' Soms waren de brieven minder cynisch en meer voor de kinderen die wij waren geschreven. Dan zei hij dat hij ons de komende paar weken niet kon zien omdat hij op reis was, dat hij een monster zou verslaan, dat hij vanuit zijn raket naar ons zou zwaaien. Ik kon me niet herinneren dat ik ooit de leeftijd had gehad waarop ik zo'n verhaal daadwerkelijk geloofde, en anders had onze moeder het geloof in deze fabels er wel uit gefronst, maar ik kon me de fijne sfeer wel herinneren als hij ons zijn sprookjes vertelde. Sommige brieven waren zo bitter dat ik ze maar moeilijk kon lezen. 'Alles is verloren niks is er nog niks is er nog voor mij niks is er nog in mij dat leeft of beweegt ik wilde dat het anders was ik wilde dat het anders was ik wilde dat het anders was ik wilde dat ik kon leven maar ik kan het niet het leven wil mij niet meer zoals jullie moeder me niet meer wil ik ben de vijand van het leven de vijand van het geluk de vijand van jullie toekomst ik verpletter jullie met mijn gewicht ik moet ontbinden en verdwijnen zodat ik iedereen kan bevrijden van de last die ik ben ik moet er niet meer zijn.' Hij schreef dat het onmogelijk voor hem was om wat in hem leefde naar buiten te brengen. 'Mijn gevoelswereld is een kluis ik zit erin opgesloten ik ben volkomen alleen.'

Ja, ik begreep dat mijn moeder ons die brieven niet had laten lezen. Ik zou zulke brieven ook niet aan mijn kind hebben gegeven, het zijn geen brieven voor kinderen, maar het zijn wel brieven die de kinderen van degene die ze schreef op een dag, als ze volwassen zijn, eens moeten lezen. Er zijn twee soorten mensen, zou Bee zeggen: mensen die niet kijken naar iets pijnlijks en het zo onschadelijk proberen te maken en mensen die wel kijken naar iets pijnlijks en het op die manier onschadelijk proberen te maken. Ik speelde met de gedachte haar te bellen en deelgenoot te maken van deze vertraagde poststukken. Zij zou er wel raad mee weten. Zij had de afgelopen jaren zo vaak gehengeld naar mijn ware gevoelens in deze kwestie dat ik haar dit haast verschuldigd was. Ik deed het niet, ik belde haar niet. Ik zat nog een tijd op de vloer van de zolder. Felix was dichterbij dan ooit, ik kon zijn aanwezigheid voelen, ik voelde dat hij in mij zat, dat ik onderdeel van hem was, dat ik gedeeltelijk gemaakt was van dezelfde materie. Ik voelde dat de kleine brokken duisternis in mij me met hem verbonden op een troostrijke manier. Ik voelde de leegte die hij had achtergelaten, ik dacht aan mijn moeder die had geprobeerd hem te vergeten, ons hem te laten vergeten. Ik wilde dat Ellie thuiskwam om samen met haar over hem te praten zoals we soms vroeger toen hij nog leefde samen in bed over hem hadden gepraat. Ik wilde aan haar vragen wat er met Schildpad was gebeurd toen hij dood was. Ik kon me niet herinneren dat we die kat ooit nog hadden gezien. Ik had ook gelezen dat Ellies idee dat ze hem terugzag in dieren niet aan haar eigen brein ontsproten was. Het stond ook in een niet eerder geopende brief, dus dan zal hij het wel zelf tegen haar gezegd hebben.

Toen ik de zolder van Ellie verliet was het middag. Ik had honger. Ik zocht een plastic tas uit in de keuken en deed de brieven erin. Ik dronk een paar glazen water aan het aanrecht en smeerde mijn schrale wangen in met crème die ik in de badkamer vond. In een café at ik brood met kroketten en nam er een glas bier bij. Mijn vader lag in veertien stukken aan mijn voeten. Toen ik mijn telefoon aanzette had ik nogal wat gemiste oproepen en mails. Er was een appje van Louis van een paar uur eerder. *Ik word wakker en je bent er niet! Heb ik je gedroomd? Zeg me dat je bestaat!*

Ik besta, echt. schreef ik hem terug.

Kom hier, sommeerde hij per omgaande. *Per omgaande*, erachteraan. Ik lachte naar mijn telefoon alsof ik hem zelf in mijn hand had. Er kwam een mail van de universiteit binnen waarvan de toon me enigszins verontrustte. Er werd gevraagd of ik langs kon komen. 'Naar aanleiding van je preprint,' stond er wel bij, maar enthousiasme over mijn doorbraak was vreemd genoeg geheel afwezig. Hier was of gewoon vergeten om dat toe te voegen, of er was iets aan de hand met de geloofwaardigheid, ik had wantrouwen gewekt. Ik reageerde niet. Eerst maar zien wat er allemaal gebeurde. Ik nam nog een glas bier. Een cafékat streek langs mijn been en sprong op de bank naast me. Spinnend lag hij daar, met een opgetrokken ooglid keek hij me even aan. Felix, dacht ik. Ik appte Louis dat ik onderweg was en bestelde nog een glas. Ik geloof dat ik zenuwachtig was. Bang misschien zelfs. Ik voelde dat iets zich in mij verscholen hield, als een gasbel onder de grond, die zou kunnen openbarsten. Ik herkende het gevoel maar ik kon me niet herinneren waarvan, van wanneer, welke situatie. Was het schaamte? Of spijt? *Vanuit welke richting?* vroeg Louis me per app, *dan loop ik je tegemoet*. Ik stuurde hem mijn coördinaten. Ik moest uitzoeken hoe dat moest want ik had dat nog nooit eerder gedaan. Uiteindelijk was het die gretigheid van hem die me uit mijn sluimer haalde. Ik rekende af en ging naar buiten en begon in de richting van zijn huis te lopen. Ik zou hem na een minuut of tien moeten treffen. Als hij tenminste niet zou rennen, zijn berichten klonken alsof hij me tegemoet wilde rennen, alsof hij niet kon wachten tot hij tot rust kon komen in mijn blik.

23

In het vizier

Ik liep op mijn dooie akkertje, licht aangeschoten door het bier en alle opwinding, en stelde me voor hoe Louis in mijn richting draafde. Er was mooi licht. Ik slingerde de plastic tas met brieven heen en weer aan mijn pols. Een straat waar ik doorheen moest was opgebroken. Aan het begin stond een groot bord met een N erop en een pijl naar links. Ja, ja, dacht ik, zo probeert het lot mij de laan uit te sturen! Ik wurmde me door het hek, ploegde door het zand en klom over een rood-witte versperring. De twee lijnen die ik in mijn hoofd trok over de plattegrond van deze stad zouden elkaar kruisen en niet van elkaar afbuigen richting andere bestemmingen. Ik liet me niet door een bord met mijn letter erop het bos insturen!

Ik zag hem voordat hij mij zag. Hij stak de markt over, ik keek naar zijn karakteristieke, onmiskenbare Louis-manier van lopen, als een sluipschutter hield ik hem in mijn vizier en ik zag hoe hij op zijn beurt links en rechts kijkend speurde naar mij. Ik was getuige van Louis die naar me zocht, die in een soort paniekerige staat midden op het plein om zich heen keek en toen zijn telefoon pakte en erop keek en hem aan zijn oor hield – ik voelde het trillen in mijn zak. Maar het lukte nog niet me los te maken uit de schaduw en hem te verlossen. Ik wilde nog even naar hem kijken zonder dat hij mij zag, zien hoe hij was terwijl hij zich onbespied waande. Na een tijdje begon hij weer te lopen, nu in de richting waaruit ik gekomen was. Verscholen in een winkelportiek liet ik hem op minder dan vijf meter bij me vandaan passeren en ging toen achter hem aan. Ik zag zijn achterhoofd, zijn kraag met het haar eronder en erover, de zachte blauwe wol van zijn jas. Hij had er een flink tempo in. Ik sloop nog verder naderbij tot haast op een armlengte afstand. Hij neuriede. Hij neuriede mijn naam.

Bij de opgebroken weg hield hij halt. Hij leunde met zijn armen tegen het hek en keek naar de chaos erachter. Ik ging naast hem staan.

'Dag Louis,' zei ik.

'Ik dacht net dat je me voorgoed alleen gelaten had,' zei hij.

'Vertrouw me maar,' zei ik en legde mijn hand over de zijne.

Die avond liet hij me het graf van Arthur zien. Het was een eenvoudig graf op een mooie beschutte plek met een platte steen en er stond 'Hier rust onze lieve jongen' op, en zijn naam en de datums, met de achttien jaar van zijn leven als leegte ertussen. Louis vertelde hoe hij samen met het lichaam van zijn zoon naar Nederland teruggevlogen was. Hij vertelde over de stewardess die aan boord voor hem gezorgd had. Hij had zich achteraf geschaamd voor de overgave waarmee hij haar zich over hem liet ontfermen, en hij had er tegelijk nog vaak naar terugverlangd. Hij vertelde hoe Lily en hij, zijn oudere zusje Johanna en Timo de uitvaart hadden georganiseerd. Hij vertelde hoe hij de hele middag handen vasthield van familieleden en vrienden en kennissen van zijn zoon. Hij vertelde over de enorme hoeveelheid jonge mensen die boos geweest waren op het lot.

Na de begraafplaats zaten we in het park vlakbij, de plastic tas met de brieven van mijn vader naast me op het bankje. Ik wilde hem er wel iets over vertellen, maar het was nog niet zo ver, het was niet het juiste moment, het was zijn moment. En daarom was ik stil. Onze vingers waren verstrengeld, zijn rechterbeen hing over mijn linker heen. Louis zei: 'Luister eens, Nicola, overmorgen vier ik de verjaardag van Eva, met haar en haar familie. Ik voel me er niet goed bij, want zij gaat mij daar als een schat aan haar dierbaren laten zien, ik heb maar de helft van mezelf voor haar in de aanbieding, het is een grof schandaal, en waarschijnlijk komt er een dag dat jullie me allebei bij het vuilnis zetten.' Ik werd alsnog heel kalm. Er was geen beter medicijn tegen mijn onrust dan die van hem. 'Ik heb jou niet gevraagd om keuzes of om exclusiviteit, Louis Kosta,' zei ik streng, 'doe dus maar niet zo dramatisch. Het enige wat ik van je wil is dat je me alles vertelt.'

24

Storm

Een storm deed de tak wild tegen mijn raam zwiepen. Ik zat in de kamer in de lelijke stoel met mijn voeten op de vensterbank en negeerde mijn telefoon die op het tafeltje tekeerging: hij trilde zozeer aan één stuk door dat hij van de ene kant helemaal naar de andere kant van het tafelblad was getrild. Nog drie telefoontjes en het ding zou in de afgrond storten. Ik zat de krant te lezen. Pagina na pagina zag ik hoe ook in de grote wereld alles wankelde op zijn grondvesten. Maar middenin, op de opiniepagina lag er ineens een paradijselijk eiland. Iemand vertelde ons daar dat het op alle vlakken beter ging. De wereld zou in de niet zo verre toekomst wellicht ten onder gaan, maar intussen hadden we het behoorlijk goed, intussen waren alle objectieve cijfers in ons landje, over zaken als armoede, criminaliteit, democratie, de rechtsstaat en de algehele gezondheid positief! Stijgende lijnen, de beterende hand. Ik legde de krant weg en keek naar het plafond. Ik had een paar voicemails beluisterd en de berichten in mijn inbox gelezen. Het werd duidelijk dat mijn vinding opwinding veroorzaakt had in de niche waarin het fundamentele bacterieonderzoek zich afspeelde. Er was enthousiasme, er was ook scepsis, maar dat hoort erbij, dat zou ik ook hebben, scepsis was precies wat we nodig hadden om een stap verder te komen. In de kantlijn van de discussie onder vakgenoten, was mijn vondst ook in de buitenwereld beland. Een mij onbekend scienceblog had een kort nieuwsbericht gewijd aan mijn preprint: *De kweekvleesburger is weer een stap dichterbij door een bacterie.* Onder een link daarnaar op X was de militante boerenbeweging digitaal slaags geraakt met de veganisten. Ze schreven dat kweekvlees landverraad was en de gehaktbal een symbool van onze cultuur. Ik vond het verbijsterend hoe deze materie nu al in de klauwen van de opgewonden massa was gevallen, dat wil zeggen, voor even maar waarschijnlijk, tot hun een andere prooi zou worden toegeworpen en ze hun armen daar met evenveel vuur als gebrek aan geheugen naar zouden uitstrekken. Ik dacht aan bloedvergiftiging, aan hoe heftig een lichaam kan reageren op een bacterie.

De universiteit wilde bij monde van verschillende mailers en bellers dat ik langs zou komen. Jane wilde dat ik belde. Bee wilde dat ik belde. Mijn collega's Tom en Simon hadden gemaild. Zelfs Kristof was ingeschakeld. Iedereen verzekerde me ervan dat even opnemen, even wat laten horen, even praten, even openheid van zaken geven beter was dan zwijgen en onbereikbaar zijn. Maar ik dacht dat een beetje tijd deze zogenaamde toestand wel goed zou doen. Er hoefde maar één door mij geïnspireerd iemand op te staan die de resultaten zou bevestigen. De wetenschap was een starre, conservatieve wereld waarin het doel nooit de middelen heiligde. In een van de mails was gezegd dat vorige publicaties van mij tegen het licht gehouden zouden worden. Goddank, dacht ik, heb ik me vrijwel altijd keurig aan de regels gehouden, ook als ik niet helemaal begreep waar die regels voor dienden. Tussen de voicemails zat ook een bericht van Marie. 'Eh, Nic,' zei ze, 'ik weet dat jij wel wat anders aan je hoofd hebt, maar ik ga de komende dagen wat doen. Ik eh, ik kan er niet zo veel over zeggen. Je zult het wel merken. Niet bezorgd zijn als je me niet kunt bereiken. Dat is de bedoeling. Nou ja, je bent zelf ook niet bereikbaar, zal ook wel de bedoeling zijn. Dag! Liefs van mij.' Ik dacht aan mijn wonderbaarlijke dochter en vroeg me af wat ze van plan was. Niet bezorgd zijn, zei ze. Ik bestelde een curry en toen er werd aangebeld had ik net op tijd de tegenwoordigheid van geest om, mijn hand al op de klink, even door het spionnetje te kijken. Daar stond Jane in plaats van de maaltijdbezorger. Daar stond ze, met haar dierbare gezicht in een zorgelijke stand naar me terug te kijken. Ik deinsde een kort ogenblik achteruit, maar zette toen weer een pas naar voren en keek naar haar door het bolle lensje dat haar iets uitvergrootte. Ik observeerde haar terwijl ze wachtte, nog eens aanbelde, een stap naar achteren deed en naar boven naar mijn ramen keek, haar voorhoofd fronste, op haar onderlip kauwde en zich uiteindelijk omdraaide en me haar rug toonde. De ruimte voor de deur was een tijdlang leeg, tot de bezorger kwam op zijn scooter. Ik nam het tasje aan, drukte hem vijf euro fooi in zijn hand en sloot snel de deur. Toen het donker werd, deed ik het licht niet aan om eventuele aanbellers niet het idee te geven dat er iemand thuis was. De Indiase keuken had ik van Bee, die was er gek op, ze kon het zelf ook, ze maakte paneer, kruidige linzenprutjes en toetjes met rozenwater. Ook de allereerste keer dat ze voor me kookte. Onze ontmoeting op dat feestje een paar dagen eerder had de toon gezet. Ik was die wereldvreemde wetenschapper die er emotioneel arme verhoudingen op nahield en dat zelf niet eens in de gaten had. Ik was houterig en verlegen en zij was een en al lippen en wangen en krullen en uitbundigheid. Ze stak kaarsen aan en dekte de tafel en keek me hoofdschuddend aan, toen al, ik kende haar nog niet of ze begon al met haar hoofd te schudden. Wie ben jij? vroeg ze me. Een behoorlijk intimiderende vraag. Ik zweeg. Toen ik later uitlegde dat ik met stomheid geslagen was geweest, meende zij dat dat een uitvlucht was, dat het een smoes was, mogelijk ook voor mezelf, een smoes van iemand die haar kaarten graag tegen de borst wilde houden. Geraffineerde vormen van oplichting verweet ze mij. Later hoor, later pas. In het begin vond ze me nog een mysterie, onontgonnen gebied dat haar exploratiedrift opwekte. Was zij in mij geïnteresseerd zoals ik nu in Louis Kosta? Nou nee, volgens mij is het toch iets heel anders. Ik wilde hem kennen, helemaal kennen, terwijl Bee mij al vanaf het begin wilde veranderen. Niet echt in iemand anders, maar misschien in de genezen versie van mezelf. De verbeterde versie. Dat wist ik toen niet, zij hield waarschijnlijk juist háár kaarten geraffineerd tegen de borst, terwijl ze me aan de tand voelde en me kleine geurige roze drilpuddinkjes voerde. Zo *in hindsight* was dat een eerste avond waarin alles van onze verhouding al besloten lag. Het was ook niet erg moeilijk te bedenken wat haar oordeel over mijn relatie met Louis zou zijn. Dat hij mij alles vertelde en ik hem niet, dat was in haar ogen natuurlijk ongelijkwaardig op het ongezonde af. 'Als de een niet net zoveel gewicht in de schaal legt als de ander, dan wordt die een vroeg of laat de schaal zelf, die al het gewicht alleen moet dragen.' Ik veegde met een stuk naan de laatste curry uit het bakje. Het was een vrouw van spreekwoorden en aforismen, die Bee.

Ik dacht al die tijd niet echt aan de bacteriën of aan mijn artikel en wat iedereen er allemaal van vond of bij dacht. Zo vol als ik ervan geweest was, zo verborgen was dat gevoel nu geworden. Het was alsof dat deel van mijn hersenpan op stand-by was gezet, de adem inhield. Ik had het afgelopen half jaar afwisselend helemaal niet of in monomane episoden gewerkt. Mijn hoofd was nu eindelijk heerlijk rustig. Een vage spanning manifesteerde zich wel elders in mijn lichaam, een lichte vibratie. Vol verwachting, dat gevoel. Louis vroeg me per app of ik vrijdag bij hem wilde komen. Na de verjaardag van Eva hadden we elkaar nog niet gezien. We hadden wel gebeld. Hij had verslag gedaan. En hij had me verteld hoe hij de ochtend na haar feestje met haar over mij gesproken had. Ik merkte dat hij wat terughoudend was terwijl hij over haar en hun gesprek vertelde, laverend tussen de afspraak met mij en de wens om haar niet te beschamen. Ze had er niet erg goed op gereageerd. Ze had het al die tijd al wel vermoed, maar had besloten haar ogen ervoor te sluiten. Maar nu zou dat wel niet meer mogelijk zijn. Juist, dacht ik, en als ze met Louis door zou gaan zou ze hem uiteindelijk gaan beschouwen als de dief van haar waardigheid en alsnog bij hem weggaan. Ik was benieuwd hoelang dat allemaal zou gaan duren, hoelang zij zou wachten op de hele Louis, hoelang hij zou proberen te bewerkstelligen dat niemand bij iemand weg zou gaan. Ik wenkte hem met mijn stem door de hoorn naderbij. Vertel maar, vertel maar, vertel me alles. Ze had voorgesteld dat hij dat met mij, wat het ook was, zou beëindigen. En? vroeg ik uitnodigend, vertel, vertel, wat heb je geantwoord, en wat zei zij toen? En jij? En zij toen weer? En wat voelde je erbij? Zij had gevraagd hoe ik heette en toen hij het haar verteld had was ze misselijk geworden.

'Mijn naam is haar al te veel,' zei ik.

'Maar ze had het niet uitgemaakt,' zei hij, 'nog niet.'

'Nog niet, nog niet,' herhaalde ik als het koor.

'Eva,' had Louis gezegd, 'is een onverbeterlijke optimist. Ze kan zich niet voorstellen dat het niet goed komt, ze ziet het zo helder voor zich allemaal, zij en ik, de juiste man voor de juiste vrouw, het goede leven.'

En jij? vroeg ik.

Ja, ik, zei hij, kon ik het maar, wilde ik het maar.

'Ach Louis,' had ik toen gezegd, 'Louis, Louis, Louis.'

Ik appte terug dat ik graag bij hem zou komen vrijdag. Toen dat geregeld was trok ik mijn gevoerde kamerjas aan en zette jasmijnthee. Ik las de laatste brief van Felix nog een keer. Ik stelde me voor hoe hij na het schrijven ervan zijn stroeve lichaam in beweging zette om naar de brievenbus te lopen en daarna weer terug naar huis te lopen, voor de laatste keer. Ik dacht aan mijn moeder: ze had de brieven dan wel niet opengemaakt, en niet aan de geadresseerden bezorgd, maar ze had ze evenmin weggegooid, ze had ze tenminste niet weggegooid. Het was woensdagavond. Ik hoefde alleen maar twee nachten en een dag te overbruggen en dan zou ik Louis weer zien en dan zou de storm gaan liggen en alles zou zich wel wijzen en plooien. Dacht ik.

De volgende ochtend werd ik wakker van de deurbel. De afgelopen dagen was de deurbel vaker gegaan dan in het hele jaar ervoor. Wie zou daar met een afkeurende blik staan te schellen? Ik draaide me nog eens om, en toen ik een uur later opnieuw wakker werd van de bel sloop ik de trap af en keek door het spionnetje, maar er stond niemand meer. Op de mat lag een stuk uit een agenda gescheurd papier waarop in Jane's hanenpoten stond: *Nicola, waar ben je? Laat wat horen, ik maak me zorgen. Ik ga B of M vragen of ze een sleutel hebben van je huis. Tenzij je je meldt. Liefs J.* Dat was duidelijke taal. Ik was dus niet langer veilig in mijn eigen huis. Ik moest maken dat ik wegkwam. Ik kon Jane natuurlijk wel laten weten dat ik er was en dat ze zich om mij geen zorgen hoefde te maken, maar ik voorvoelde dat dat niet afdoende zou zijn en dat ze alsnog met hun sleutels zouden komen aanstormen om met eigen ogen te zien dat ik in orde was. Onderaan het vodje stond nog *PS. trouwens Nicola: Nikola? Really?* Ze had mijn kleine zelfverwijzing dus opgemerkt. Het effect dat de bacterie teweegbrengt had ik in mijn artikel 'NIK (NF-κB-inducing kinase) overstimulating Leptotrichia animalis' gedoopt. Nikola, voor de goede verstaander.

Ik besloot me aan te kleden en naar Louis te gaan. Het was donderdag, dan was hij altijd op het kantoor van de stichting van wijlen de barones en daarna naar Eva. Ik zou schuilen in zijn huis. Ik at wat koude rijst van gisteren bij de koffie en keek uit het raam aan de achterkant over de druilerige binnentuinen. De wind was gaan liggen, het was nat en lenteachtig, alles in de knop. Ik gooide een paar kleren en boeken in een tas en liep naar het Oostergrachtje. Onderweg deed ik een paar boodschappen. Een deel van het centrum was afgezet en ik herinnerde me dat er een grote demonstratie van boeren en extreemrechtse partijen op stapel stond, intimidatie, zoals Marie het noemde, een optocht vanuit een wereld die ten dode opgeschreven was. De demonstratie was bedoeld als een waarschuwing tegen de coalitieonderhandelingen die in volle gang waren, een dreiging aan het adres van hen die vormgaven aan het klimaatbeleid (of wat daarvoor doorgaat, dixit Marie). Ik was mijn telefoon vergeten, dat realiseerde ik me toen ik wilde kijken hoe laat het was, maar ik had mijn telefoon niet echt nodig, leek me. Sterker nog, afwezigheid van de telefoon zou rust geven, mijn hoofd vrij maken voor zinnige gedachten. Ik zou een etmaal alleen op het grachtje schuilen en dan op tijd het huis uitgaan voordat Louis thuis zou komen en er dan later weer aanbellen. Hij zou vast nog wel bij Eva ontbijten vrijdag en het kalm aan doen. Hij had me weleens verslag gedaan van haar openslaande deuren en ik zag het allemaal voor me, het zachtgekookte eitje en de sierlijk gewelfde jamlepel, de thee uit porseleinen kopjes waarin het looizuur vettig aan de rand bleef hangen, de quasi-antieke bordjes met het bloemmotief van de bric-à-bracwinkel op de tafel met het tafelkleed zonder vouwen (of mocht dat juist met vouwen, zoals een linnen pak, dat was ik even vergeten), de wapperende gordijnen en het uitzicht op de bloeiende rododendron. Het toppunt van geluk, het uiterste contrast met mij, het decor van zijn gevangenis, zijn ondergang. Hemeltjelief, dacht ik wel even, een kort moment, toen ik binnenkwam en aan zijn tafel ging zitten waar zijn bordje en theekopje van vanochtend nog stonden, denkend aan zijn ontbijt morgenochtend bij haar: die man zal toch niet net zo iemand zijn als die David met zijn gazon en zijn golden retriever en een vrouw met fillers in haar gezicht omdat ze dan 'meer op zichzelf leek'. Hij was toch wel, ondanks dat ontbijttafeltje in de onbezorgde ochtendzon, en het onbegrijpelijke feit dat dat zo'n aantrekkingskracht op hem had, mijn Louis? Geen rots in de branding, maar zeepok op wrakhout, waarbij ik dan het wrakhout was? O ja, ik vrees dat ik, nuchtere wetenschapper, onnoemelijk zat te zwijmelen bij dat beeld van zeepok en wrakhout.

Toen Ellie en ik uit school kwamen zat mijn moeder met twee mensen aan tafel, we hadden ze weleens eerder gezien maar konden ze niet onmiddellijk thuisbrengen. Onheil, dat was wel meteen duidelijk. We moesten gaan zitten en we kregen thee. Die man was onze oom en die vrouw was zijn vrouw. Niemand zei iets. De vrouw aaide Ellie over haar haren. Ellie onderging het met zichtbare weerzin. Felix was mijn broer, zei de man. Jullie vader is overleden, zei mijn moeder. Waarom, vroeg ik. Waaraan, moet je vragen, zei Ellie. Aan een hartstilstand, zei mijn moeder met een blik op de broer van onze vader. En toen begon ze te huilen, met gebalde vuisten en op elkaar geklemde kaken. Iedereen zat er als versteend naar te kijken, of niet naar te kijken, te wachten tot het voorbij was. Na een tijdje was het voorbij. Het was een paar dagen nadat hij zijn laatste brief geschreven had, de brief die ik pas gisteren geopend had. Kitty had ons die brief onthouden terwijl ze niet eens wist of die brief ons zou kunnen troosten. Mensen zeggen altijd dat kinderen denken dat het aan hun ligt. Maar ik geloof niet dat ik ooit dacht dat het aan mij lag. Was het niet fijn geweest als wij wat meer in zijn afgrond hadden mogen kijken? Zou het iets veranderd hebben? Hij mocht ons niet als zijn lifeline zien, niemand mocht iemand als zijn lifeline zien. En alle moderne mensen moeten geloven dat een ander je niet gelukkig kan maken omdat je jezelf gelukkig moet maken. Als de psycholoog het je niet heeft verteld dan heb je het wel in de weekendkrant gelezen of ben je iemand zoals Bee tegengekomen die het je heeft gezegd. Maar waarom zou de liefde je niet kunnen repareren? Zou ik niet zo lang en precies en alomvattend naar Louis kunnen kijken en van hem kunnen houden dat hij zich helemaal met zichzelf zou verzoenen, dat alles als nieuw zou kunnen zijn, alles schoon zou zijn, ik ook? Terwijl ik zo zat te mijmeren hoorde ik ineens geluid. Had ik me nou voor de tweede keer zo vergist? Hij was er toch niet op donderdagen? Het was geen mens, het was een dier, dacht ik nog, het was het huilen van een kat in nood. Toen klikklakte het boven mijn hoofd. Het klonk als dameshakken. Er was nu ook muziek, misschien was die jammerende toon ook muziek geweest. Het geluid kwam uit de logeerkamer alias het washok alias de voormalige jongenskamer. Ik schatte mijn kansen. Zachtjes de deur uit? Me verstoppen? Weer de wc in? Onder de kapstok, waar meerdere lange jassen hingen, maar wat als die van haar die daar rondtrippelde ertussen hing? Wie was het? Eva Wilterdink? Ik luisterde onderaan de trap. Mijn nieuwsgierigheid begon het langzaam te winnen van mijn angst. Ik geloof dat je dat als het motto van mijn bestaan zou kunnen zien, als de kwintessens van mijn persoonlijkheid, dat mijn nieuwsgierigheid het altijd wint van mijn vrees. Ik begon de trap te beklimmen. De muziek kwam uit de logeerkamer, de deur stond open, binnen stond Louis zichzelf te bekijken in de manshoge spiegel. Hij droeg de jurk. Ik vergeet nooit zijn blik, en hoe die de mijne vond in de spiegel. Er zaten uitgelopen lijnen mascara op zijn gladde wangen, zijn hele gezicht was nat, het was wel huilen wat ik had gehoord. Midden in dat uitgeveegde zwart gloeiden zijn ogen met een intensiteit die wanhoop of begeerte was, of misschien een combinatie van beide. Ik werd getroffen door hoe zijn ranke bouw en de sierlijkheid van zijn lichaam en zijn bewegingen een andere kwaliteit kregen nu ze zo nadrukkelijk als vrouwelijk werden gepresenteerd. Zijn hand hield de zoom van de jurk vast en iets omhoog en hij keek over zijn schouder in de spiegel, naar zichzelf, de welving van zijn rechterbil. Het gedraaide bovenlichaam om zichzelf te kunnen bekijken, hoe het lijfje om zijn borst sloot en door die draai in plooien trok, de open rug, de knik van zijn nek en zijn gezicht naar beneden, met de blik donker, gloeiend, deemoedig haast door dat kijken als van onderop, die blik, die ogen van Louis die ik zag kijken naar zichzelf, een overtreffende trap van hoe hij mij weleens had aangekeken terwijl ik met hem vrijde en hem vastnagelde in mijn blik. De aanblik van dat kijken naar zichzelf schoot als weerlicht door mijn lendenen, waardoor ik zelf even haast het evenwicht verloor en me vastgreep aan de deurpost, en toen fladderden zijn ogen langzaam en nerveus omhoog en keek hij me aan. Zo stonden we gevangen in elkaars blik terwijl de tijd verstreek, terwijl er overal op de wereld mensen stierven en baby's werden geboren en de zeespiegel steeg. Na wat misschien wel een minuut was, of toch zeker een halve, kwam ik in beweging. Ik wilde hem met mijn handen laten weten dat ik niet geschrokken of geschokt was, dat ik hem prachtig vond en van hem hield, nog meer, nog meer zelfs, nu nog meer dan eerst. Ik legde mijn handen op zijn flanken. Hij schrok van mijn aanraking, ik voelde hoe weinig stevig hij stond op die hakken. Het maakte hem langer, maar hoe hij keek maakte hem kleiner, hij was als een plotseling te snel gegroeid meisje. 'Laat eens kijken,' zei ik, omdat ik die omfloerste, gloeiende oogopslag van hem wilde terughalen. Ik keek langs hem in de spiegel naar mijn handen op zijn heupen en draaide hem een beetje in de goede hoek. Ik trok de stof van zijn jurk omhoog, ik keek naar hem in de spiegel, ik keek op naar zijn gezicht, ik legde mijn gezicht tegen hem aan, ik voelde zijn halsslagader kloppen tegen mijn wang.

25

In het oog, in het hart

We zaten beneden. Hij had zich omgekleed terwijl ik thee voor ons maakte en de bloempotten controleerde, daar lag nu inderdaad geen sleutel, maar ik had niet tegen hem gelogen. Ooit had die er wel gelegen en omdat hij er gelegen had was ik vandaag binnengekomen. Een leugen was het niet, maar ik wist niet hoe ik me eruit zou kunnen redden.

Ik had Louis meegenomen van tussen het wasrek en de opgestapelde stoelen en hem naar de slaapkamer geleid. Ik had hem uit zijn hakken laten stappen en ik had hem gekust. Ik had zijn jurk opgestroopt. Ik had hem bemind. Niet zoals een vrouw een vrouw en niet als een man een vrouw. Ik had hem bemind alsof we ons aan elk sjabloon konden onttrekken, als Nicola-Louis.

Erna was hij verlegen, maar ik wist mijn armen en mijn blik zo om hem heen te slaan dat hij me uiteindelijk kon aankijken, zich kon laten aankijken. Stil lagen we en keken elkaar aan. We zeiden allebei niks, maar er was niets anders dan wij. Totdat we opstonden en douchten en er weer wat leven, geluid en beweging kwam. Ik droogde me af, met mijn rug naar hem toe, toen hij het zachtjes vroeg.

'Hoe ben je binnengekomen?'

'Met de sleutel.'

'De sleutel?'

'Met de sleutel van onder de bloempot.'

'Er ligt geen sleutel onder de bloempot.'

'Hoe kan ik anders binnen zijn gekomen?'

Hij zag er fragiel uit zoals hij aan de tafel zat. We dronken thee en spraken op gedempte toon met elkaar. Geen gesprek met een hoofdletter, het zwierde langs kleinigheden, de intimiteit van geliefden. Na een tijdje vroeg ik waarom hij niet bij Eva was en toen zei hij dat hij met Eva moest stoppen en, ja, dat leek me allemaal niet meer dan logisch. We hadden het over de eisen die mensen aan je kunnen stellen. En ik zei op een onbewaakt ogenblik: 'In het begin met Bee...' en hij onderbrak me en vroeg: 'Wie is Bee?' en ik was even erg verbouwereerd, had ik hem nou echt nog nooit iets over Bee verteld? Het was allemaal luttele uren voor hij Bee in den vleze zou ontmoeten, maar dat wist ik natuurlijk nog niet.

'Bee is Beatrice,' zei ik, 'de vrouw die mij zeven jaar lang in de juiste vorm heeft geprobeerd te kneden.' En ik voegde er meteen aan toe: 'Maar nee, dat doet haar onrecht, nee, ik neem het terug, ik moet zeggen: de vrouw wier liefde soms een knedende vorm aannam. De vrouw van wie ik hield.' Hield, zei ik.

'Zeven jaar?'

'Ruim.'

'Tot wanneer?'

'Tot afgelopen najaar.'

Ineens werd onze stille overeenkomst waarbij ik de vragensteller was en hij de antwoordgever, ik de observator en hij het object, het object van mijn interesse en het object van mijn begeerte, op de proef gesteld. Hij zat me aan te kijken met een moeilijk te interpreteren gezichtsuitdrukking.

'Denk aan de opstelling,' zei ik, 'denk aan jezelf als het torretje onder mijn microscoop.'

'Ik sta op het punt,' zei hij zacht, 'ik sta op het punt om Eva, die heel veel van mij houdt, op te offeren voor iemand die een vreemde voor me is.'

Ik kromp in elkaar. 'Een vreemde?'

'Je vertelt me niets.'

'O nee?'

'Jij stelt alleen maar vragen.'

'De vragen die iemand stelt,' zei ik, 'zijn minstens zo onthullend als een antwoord ooit zou kunnen zijn.' Daar moest hij over nadenken. Ik ging door: 'En jij denkt dat Eva heel veel van jou houdt, maar hoe kom je daar eigenlijk bij?' Hij keek me nog steeds zo aan.

'Waarom denk je dat?'

'Ik denk dat niet, ik weet dat.' Ik voelde hoe de frustratie vat op me kreeg. Ik weet dat! Wat een krankzinnig misverstand. Hij verloor langzaam zijn wankele kant, hij won aan kracht en stevigheid, hij klampte zich niet langer aan me vast. Met zijn 'Ik denk dat niet, ik weet dat' katapulteerde hij zich mijlenver bij mij vandaan. Ik sprak mezelf intern toe: laat je niet van de wijs brengen, en ik bracht andere dingen in mijn herinnering die onder de microscoop hadden gelegen of in de simulatie, virussen die zich helemaal niet conform de verwachtingen hadden gedragen. Ik probeerde de neutrale beschouwer, de onvoorwaardelijk geïnteresseerde in mij actief te houden.

'Blijf zitten,' zei Louis toen ik op wilde staan. 'Alsjeblieft,' zachter erachteraan. Ik ging weer zitten. Louis vroeg me iets over Beatrice te vertellen. Nu moest ik een verhaal vertellen waarmee ik wel of niet zou slagen voor een examen, maar ik beheerste de stof voor het examen niet, ik snapte niet echt waar het over ging, ik wist niet hoe ik in deze situatie was beland waarin ik een examen moest halen, ik wist niet waarom, ik wist niet of ik ook kon weigeren, het enige wat ik kon doen was gokken, wild gokken, klepels noemen waar ik klokken wist. Ik had willen weglopen en hij had gezegd dat ik moest blijven zitten. Ik keek Louis aan, hij keek mij aan. Ik zweeg. Ik dacht na. Ik zon op ontsnapping, ik vocht tegen de teleurstelling, tegen het besef dat ik bezig was een fuik in te zwemmen waarin ik vaker was beland. En toen dacht ik ineens: Nicola, als je de weg eruit niet weet, neem dan de weg erin! Wat als ik nou eens niet de antwoorden gaf waarvan ik dacht dat hij ze wilde horen, wat als ik nou eens echt zou vertellen wat ik wist. Ik moest me ontspannen. Eerst me ontspannen. Ik liet me van mijn stoel glijden en ging op mijn rug op de grond liggen. Boven me zag ik het plafond van Louis Kosta en het stof aan de binnenkant van de lampenkap, ik zag de onderkant van de tafel en de met stift geschreven cijfers bij en op de poten, voor het uit elkaar halen en weer in elkaar zetten. Het was stil. Ik ademde rustig. Ik dacht aan de ochtend na de avond waarop Bee bij me wegging, hoe ik toen ook op mijn rug op de grond in de keuken had gelegen. Ik sloot mijn ogen en na een tijdje merkte ik dat hij naast me kwam liggen. We lagen samen op onze rug op de plankenvloer en ademden zachtjes.

'Beatrice is een anagram van bacterie,' zei ik. Ik voelde dat hij glimlachte. 'Omdat ik haar vanaf het begin Bee noemde, iedereen noemt haar zo, duurde het een hele tijd voor ik dat doorhad.' Als niet Louis maar Bee naast mij op de vloer gelegen had zou er nu een spervuur van vragen op me worden afgevuurd. Ze zou mijn eigen antwoord negeren alsof het een afleidingsmanoeuvre was en alles willen weten over die vrouw, over onze relatie, over mijn gevoelens, hoe we elkaar hadden ontmoet, hoe ze eruitzag, wat voor gesprekken we hadden, wat voor seks we hadden, wie de baas was en met welke middelen de macht werd uitgeoefend, hoe het uitging. Als Louis Bee was, lag er nu waarschijnlijk helemaal niet iemand naast me op de vloer, dan torende er iemand hoog boven me uit en prikte diegene met een puntige schoen in mijn flank om te zien of de patiënt nog leefde. Ik werd kalm, ik was de fuik niet in gezwommen, ik lag hier met Louis en zijn en mijn geheimen op de vloer. Ik vertelde hem het verhaal van de minnaar die ik had totdat hij ging trouwen, ik vertelde van de internetdates waarin ik op zoek ging naar seks. Nou ja, zei ik, seks, zo plat was het niet, het waren kleine afgeronde romances, beleefd in één of enkele ontmoetingen. Ik vertelde het verhaal van het feestje, van de onweerstaanbaarheid van Bee en het kussen met haar in het morgenlicht. Ik vertelde niet hoe dwingend en intimiderend ze was, blijkbaar was er nog een andere versie van die geschiedenis: ik vertelde hoe mooi ze was, hoe mooi ik haar stem vond, hoe ze me aan het lachen maakte en een verlangen naar geborgenheid in me wakker maakte. Hij stelde geen vragen. Toen ik klaar was, was het stil. Na een tijdje zocht ik zijn hand en door hoe ik zijn hand in de mijne nam en hij zijn hand in de mijne liet sluiten wist ik dat de orde zich mogelijk hersteld had. Ik vertelde verder, over het leven met Bee, hoe ik de vrouw van die vrouw probeerde te zijn, hoe ik mijn eenzelvigheid probeerde in te tomen en gretig als een uitwisselingsstudent in een vreemde cultuur probeerde te leren en alles te begrijpen en mijn gedrag bij te schaven tot ik niet meer opviel en in de omgeving paste. Ik vertelde hoe ze mij onderwees en me uit mijn tent lokte. Ik vertelde dat er tijden waren waarin ik gelukkig was met haar, met de versie van mezelf die ik voor haar geworden was, dat het me geruststelde dat ik die persoon ook was, dat we etentjes hadden met anderen, dat ik mijn troep niet meer liet slingeren maar discipline kreeg in het huiselijke leven. Ik vertelde dat ik leerde niet obsessief te zijn in mijn werk, dat ik een werk-privébalans had en in de weekenden uitsliep met haar. Ik vertelde dat ik met dezelfde discipline waarmee ik het huis op orde hield mijn hoofd zuiver hield, niet vreemdging en geen geheime binnenwereld had. Dat ik niet meer alleen naar de film ging maar met haar, en niet meer alleen ging wandelen, dat ik met haar wandelde, dat we samen NS-wandelingen maakten. Dat ik op openingen waar zij bij aanwezig moest zijn meeging met kleren aan die waren afgestemd op de hare. Ik vertelde dat Bee me een nieuwe kijk op mezelf gaf en dat ze mij aan mezelf probeerde uit te leggen, dat zij me vertelde hoe ik het kind was van mijn ouders, ze zei dat mijn vader niet zomaar dood was, maar zelfmoord had gepleegd, en dat mijn moeder op haar eigen wijze emotioneel absent was en dat ik daarom al vroeg op mezelf aangewezen was en daardoor nooit had geleerd hoe het moest, hoe het ook kon zijn, samenzijn. Ik vertelde dat Bee had gezegd dat ik Eliza was en zij professor Higgins, uit *My Fair Lady*. Ik keek opzij en zag Louis en hoe hij naar mij lag te kijken. Ik vertelde hem, terwijl ik naar zijn gezicht bleef kijken, dat Bee mij probeerde te bewegen me aan haar liefde over te geven maar dat ik door hem, door Louis, wist dat ik me beter voelde als ik begeerde in plaats van werd begeerd. Dat ik me vrij voelde als de blik niet op mij gericht was maar als ik mocht kijken. Ik vertelde dat ik me thuis voelde in mijn eigen tunnel, dat ik met mijn bacteriën en met hem, met Louis, gelukkiger was dan in mijn fatsoenlijke en geregelde bestaan. Louis keek naar me en ik keek terug tot hij zijn ogen sloot. Ik vertelde hoe Bee bij me wegging op de dag dat ik hoorde dat mijn onderzoeksaanvraag werd afgewezen, ik vertelde hoe ik had gedwaald, door Antwerpen en hier, door deze stad, in mijn werk, in mijn onttakelde huis. Ik vertelde dat ik overspoeld geraakt was door herinneringen aan vroeger. Ik zag hoe Louis' ogen nat werden onder zijn oogleden en ik begreep: het was helemaal niet alsof hij mij nu onder zijn loep nam, hij lag nog steeds onder de mijne, maar ik voedde hem met mijn verhalen, ik diende hem de stof van mijn leven toe om het effect daarvan op hem te zien, hij was nog altijd het object.

Nog nooit in mijn leven had ik ooit zo lang achter elkaar over mezelf gesproken. Af en toe was ik stil en dan kneep hij in morsecode in mijn hand dat ik, nu ik eenmaal begonnen was, ook alles moest vertellen. Dus vertelde ik hem ook over de context van mijn doorbraak, vertelde ik hoe ik voor elkaar gekregen had iedereen op afstand te zetten, hoe het geluk van een vertrekkende promovenda en een opvolgster die al snel overspannen was me behulpzaam was geweest. Ik vertelde dat ik de tijdelijke onderzoekers richting andere taken geleid had en mijn bacteriekweek als een hoogstpersoonlijk project was blijven volhouden. Ik vertelde dat ik had gemorreld aan de gegevens, dat ik serum bij de kweek gedaan had zonder dat te verantwoorden, dat ik een en ander naar boven bijstelde, dat ik resultaat gekopieerd had in plaats van de proef had herhaald en toen ik het mezelf zo voor het eerst allemaal hardop hoorde vertellen realiseerde ik me wel dat het echt onmiskenbaar oplichterij was wat ik had gedaan. Ik vertelde Louis ook hoe ik jaren geleden mijn coronadata had gemanipuleerd en een niet-resistent antibioticum had opgetuigd voor het zich had bewezen omdat ik de intuïtie had dat het klopte. Ik vertelde dat steunbewijs uit andere labs, van geduldige integere onderzoekers die de moeite namen mijn intuïtie te falsificeren, mijn vermeende onderzoek te herhalen en uiteindelijk het werkelijke bewijs leverden, het doel had bereikt dat mijn middelen heiligde – en mij had gered van de ontmaskering. Ik had dit nog nooit aan iemand verteld. Ik legde uit dat ik nu overmoedig was geweest door mijn gelijk en mijn geluk van toen en dat ik het geduld niet meer had opgebracht om te wachten op geld, om te wachten op de kans voor grootschalig en langdurig onderzoek, om de hoeveelheid geestdodende invuloefeningen te doen die tussen mij en de pot met geld in stonden. Ik vertelde het allemaal zonder mijn rol te verfraaien of het kwaad te verzachten. Nu ik hem alles vertelde, zou ik mij ook in mijn volle naaktheid en al mijn slechtheid laten kennen. Ik vertelde dat aan mijn ontplofte telefoon en mailbox af te leiden viel dat ik er dit keer niet mee weg zou komen. Dat ik hier bij hem was komen schuilen. Dat het een kwestie van heel weinig tijd was voor ik met pek en veren de wetenschappelijke wereld uit zou worden gestuurd. Ik vertelde dat dit einde mogelijk een nieuw begin was. 'Maar nu loop ik op de zaken vooruit,' voegde ik eraan toe omdat ik zo duidelijk voelde dat Louis mijn belangrijkste noodzakelijkste element in dat nieuwe leven zou zijn en ik niet helemaal wist wat hij nu allemaal dacht en voelde. Ik keek hem aan. Hij keek mij aan. Hij keek niet bezorgd of afkeurend, geen frons in zijn voorhoofd, zijn ogen waren nog steeds nat, maar door het traanvocht heen schitterde zijn ogen in wat ik, geloof ik, als ik dat zou durven, herkende als een blik vol liefde. In de opening van de kraag van zijn overhemd over de schaduw van zijn sleutelbeen zag ik een dun zwart bandje. Hij had de jurk aangedaan onder zijn mannenkleren. Hij zag dat ik het zag. We glimlachten naar elkaar. Op dat moment ging de bel. We bleven eerst doodstil liggen. Toen er voor de tweede en derde keer werd aangebeld, stond hij op.

'Ik ben hier niet,' zei ik.

'Nee,' zei hij, 'ik ken je niet eens.'

Hij opende de deur en tot mijn verrassing hoorde ik de stem van Bee.

'Hallo.'

'Hallo.'

'Woont u hier?'

'Wat kan ik voor u doen?'

'Sorry. Kent u Nicola?'

'Wie? Wie bent u als ik vragen mag?'

'Ik heb haar hier een keer naar binnen zien gaan. U moet haar kennen. Nicola. Sorry, ik ben Beatrice. Nicola is een goede vriendin van mij. Ik ben bezorgd om haar.'

'Beatrice. Aha. Ja. Oké. Nee. Nicola is hier al een tijdje niet meer geweest.' Hij speelde het goed, Louis, dat moet ik hem nageven. 'Is er iets aan de hand?' Op de achtergrond hoorde ik het geluid van motoren, het was de dag van de demonstraties. Bee sprak luid om erbovenuit te komen.

'Ik vond een brief, een afscheidsbrief leek het, ik kan haar niet bereiken, we maken ons allemaal grote zorgen.' Een afscheidsbrief? De tractor was voorbij en het werd weer rustig.

'Geen idee,' zei Louis, 'het spijt me, geen idee.' Bee excuseerde zich ook, voor het storen en liet haar nummer achter. Je weet maar nooit, zei ze. Ik dacht aan de brief van Felix op mijn keukentafel, waarin hij schreef dat zijn innerlijke leven een kluis was, dat hij opgesloten zat en voor helemaal niemand nog te bereiken was. Zijn laatste brief. Ik kwam even in de verleiding om Bee gerust te stellen, maar toen laaide de woede in me op over haar brutale binnendringen in mijn huis, het lezen van brieven die niet voor haar ogen bestemd waren, of stond er soms 'Voor Bee' boven? Ze had me hier een keer naar binnen zien gaan, ja, maar gaf dat haar het recht hier zomaar aan te komen bellen met haar zorgen en gevoelens? Louis ging naast me tegen de muur op de grond zitten.

'Wat een vrouw,' zei hij. Dat beaamde ik. Ja. Wat een vrouw. Vind je haar mooi? vroeg ik. Erg mooi ja, beaamde hij. Erg mooi. Hij vroeg of hij me een foto van Eva zou laten zien. Ik knikte en ging naast hem zitten. Op zijn telefoon liet hij de foto's van Eva zien, zij had een speciale lach voor op foto's, zag ik, want zo keek ze niet in het echt en op de foto's die waren genomen zonder dat ze het wist lachte ze anders. En vind jij Eva mooi? vroeg hij. Als je ervan houdt, zei ik. Ik vroeg Louis of ik zijn telefoon even mocht lenen om mijn dochter een bericht te sturen. Ik besloot dat ik voordat Bee haar onheilsberichten over mijn zogenaamde afscheidsbrief verder zou verspreiden, Marie moest laten weten dat ik leefde en in orde was. *Dit is Nicola op de telefoon van Louis*, typte ik. *In noodgevallen gebruiken! Ik ben inderdaad onbereikbaar, voor iedereen, maar niet voor jou. Pas op jezelf liefje, ik doe dat ook.* Ik stuurde een foto van mijn gezicht mee. Ik lachte niet, in elk geval niet zoals Eva.

We zaten tegen de muur, naast elkaar, een tijdje te zwijgen. Ik had geen verhaal paraat als hij weer over de sleutel zou beginnen, ik nam me voor de waarheid te vertellen als het ter sprake kwam. Ik nam me voor dat ik Louis altijd de waarheid zou vertellen, tenminste als die mij bekend was.

Maar hij begon er niet meer over.

'Die brief,' zei hij, 'wat moet ik daarvan denken?'

En dus vertelde ik hem over Felix, over hoe ik van hem hield als kind, en hoe de volwassene die ik de laatste tijd geworden was hem met terugwerkende kracht wilde redden. Ik vertelde dat wat ik voelde vooral spijt was, spijt omdat de tijd niet om te keren viel zodat hij de andere richting op zou bewegen, spijt omdat ik zijn kind was geweest en hij niet het mijne. Pas toen ik het mezelf hoorde vertellen wist ik dat dit het gevoel was dat ik had.

Ik vertelde over wandelingen die hij en Ellie en ik hadden gemaakt in de tijd dat hij nog energie had. Ik vertelde voor het eerst ook de andere verhalen, dat hij me opsloot in mijn kamer omdat hij 'mij er niet bij kon hebben', dat ik hem niet wakker kreeg toen ik een nachtmerrie had, en uren later nog steeds niet toen ik honger had, omdat hij zo veel pillen geslikt had dat zijn slaap een coma van bijna een etmaal was. Dat hij vergat me op te halen als ik bij een vriendje speelde, dat hij woede-uitbarstingen had tegen vreemden, dat Ellie en ik zijn huis poetsten, dat wij altijd voor Kitty probeerden te verbergen hoe het met hem ging. Dat hij, dat begon toen ik een jaar of negen was, voortdurend wilde weten of ik op hem neerkeek.

'Waarom huil je?' vroeg ik Louis toen ik klaar was en naar hem keek.

'Ik huil met je mee,' zei Louis en ik voelde toen pas dat mijn gezicht even nat was als het zijne. We waren stil. Ik trok mijn schoenen uit. 'Precies,' zei hij, al voordat ik zei: ik ga nergens meer heen. Mijn hand lag op zijn bovenbeen, hij telde mijn vingers en draaide aan mijn ringen. Het zonlicht viel als twee rechthoeken op de grond de kamer binnen en kroop traag in onze richting. Toen Kristof bij me wegging zei hij dat ik eens moest nadenken of ik misschien depressief was. Ik was heel verbaasd geweest. Depressief? Ja, zei hij, dat zou heel goed kunnen, dat je erfelijk belast bent. Ik zei dat ik nog nooit depressief geweest was. Hij zei dat ik misschien in de ontkenning zat. Ik zei dat hij mij eerst maar eens moest zeggen welke gedragingen of uitlatingen van mij hem tot deze diagnose hadden gebracht. Hij had gezegd dat ik een ongelukkige indruk maakte en opgesloten zat in mezelf. Ik had daar lang over nagedacht. Mijn ervaring van die gedachtegang leek me vergelijkbaar met de ervaring van een kleurenblinde die probeert te bedenken wat de mensen bedoelen als ze het over een bepaalde kleur hebben. Ik begreep gewoonweg niet wat hij bedoelde, welke andere mogelijkheid er was voor het wel of niet in jezelf zitten. Wat Felix beschreef in zijn laatste brief, zijn besluit om definitief te verdwijnen om zo in overeenstemming te raken met zijn gevoel van reeds verdwenen zijn, van onzichtbaar zijn voor de wereld en niet in staat contact te maken, was mij onbekend. Ik zou Kristof een bericht kunnen sturen: *Ik weet nu niet alleen zeker dat je het bij het verkeerde eind had en dat ik niet depressief was, ik heb er nu ook het bewijs of in elk geval de verklaring bij.* En ik dacht aan Bee die altijd zo geërgerd was door mijn secundaire natuur. Als ik zou vertellen dat ik Kristof een antwoord had gegeven met achttien jaar vertraging zou het dat hoofdschudden van haar weleens zo hevig kunnen aanwakkeren dat haar hoofd erdoor van haar romp draaide. Ik schoot in de lach.

'Waarom lach je?' vroeg Louis.

'Om Bee,' zei ik. 'Te ingewikkeld om na te vertellen.'

Louis had zijn vingers in de mijne verstrengeld en ik keek naar onze handen, naar onze vier benen naast elkaar, naar die handen.

'Die avond dat we naar jouw vrienden gingen zei je tegen me: op een dag vertel je me al je geheimen,' zei Louis.

'Ja.'

'Weet je dat nog?'

'Ja, dat weet ik nog.'

'Dat maakte me toen erg, erg gelukkig.' Louis keek me niet aan. Hij keek naar voren en ik keek naar hem, naar zijn gezicht. 'Voor het eerst in lange tijd, misschien wel voor het eerst sinds ik gemerkt had dat het huwelijk met Lily de eenzaamheid niet oploste, maar het op termijn zelfs vergrootte, voor het eerst sinds dat moment, meende ik dat er verlossing mogelijk is.'

Terwijl wij nog midden in de kans op verlossing zaten, terwijl in mij overtuigingen over deelbaarheid en afstand, geheimen, openhartigheid, samenzijn en de bijbehorende grensvervaging, krakend in beweging kwamen, begon Louis' telefoon een krankzinnig hard geluid uit te stoten.

Hij begreep zelf pas wat het was toen hij het ding erbij gepakt had en het stopte. Het was een NL-alert. Op zijn scherm stond tussen gele waarschuwingsdriehoeken: *Dit is een waarschuwing. Het leven zoals we dat kennen is niet langer mogelijk. De aarde is uitgeput en u kunt uw blik niet meer afwenden. Dit is een einde. Meer informatie hier bij de NOS.*

We waren zo ver afgedaald in ons eigen universum dat het een tijdje duurde voor we begrepen dat dit niet echt een bericht van de overheid kon zijn. We vroegen ons af hoe deze vorm van spam zo op je telefoon kon binnenkomen. 'Het moet niet gekker worden,' zei Louis nog. En toen klikte hij door naar wat wij dachten dat de NOS-site was – en waarop ik me een splitsecond de kop: 'Kweekburger dichterbij door bacterie' voorstelde –, maar we zagen niet de gebruikelijke headlines, geen oorlogen en rampen, trivialiteiten, economische trends, weerrecords en sportprestaties. We zagen een grote knipperende rode startknop voor het beeld van een brandende planeet. Toen Louis erop klikte begon het te regenen en begon de regen de vlammen her en der uit te doven. Rookpluimen stegen op terwijl de blauwe vlakken zee over hun oevers kolkten en alle contouren en lijnen vervaagden. En het was de stem van Marie die zei: 'Kijk. De wereld. Brandend, verdrogend, verdorrend, verdrinkend. Wordt dit het einde? Wij gaan niet akkoord. Dit is nog maar het begin.'

Dat is zo, dacht ik.

Dit is het einde niet.

Dit is nog maar het begin.

Dank

Ik wil het Nederlands Letterenfonds bedanken voor de werkbeurs die ik kreeg voor het schrijven van dit boek.

Dank aan iedereen bij Uitgeverij Van Oorschot en speciaal aan Menno Hartman en Marko van der Wal voor jullie zorgvuldige redactie.

Graag wil ik ook de lezers in een priller stadium bedanken voor hun kritische opmerkingen en goede vragen: Nicole van Kilsdonk, Oscar van Gelderen, Laura Minderhoud, Marc Warning. Dank aan de leescommissie van de Oudezijds: Anja Sicking, Roos van Rijswijk en Erik Rozing.

Ik wil Tom Würdinger bedanken voor de rondleiding in het biomedisch lab en zijn lezing van het manuscript waarmee hij me voor een aantal fouten heeft behoed. Dank aan Rosanne Hertzberger voor *Leptotrichia animalis* en het meedenken en aanscherpen van de microbiologische kant van de zaak. Als er op dit vlak nog fouten in het boek staan is dat ondanks de hulp van hen beiden.

Dank Matin van Veldhuizen voor alles, je oneindige betrokkenheid, al je inzichten en ideeën.

Dank Herman Veerbeek voor je strenge lezing, en voor de liefde.

Colofon

In het oog van Marijke Schermer werd in opdracht van Uitgeverij Van Oorschot te Amsterdam gezet uit de Janson door Perfect Service te Reeuwijk en gedrukt en gebonden als hardcover door Wilco te Amersfoort. Het omslag werd ontworpen door Studio Jan de Boer.

De auteur ontving voor de totstandkoming van dit boek een beurs van het Nederlands Letterenfonds.

Nederlands letterenfonds
dutch foundation
for literature